KB055906

여물통과 마당쇠

한 미화원의 평범한 일상이야기

여물통과 마당쇠

이 호 상

토담미디어

마음

 해 질 무렵 산 정상에 올라 길을 헤매고 있을 때 태양은 조금도 기다려 주지 않고 서쪽으로 말없이 슬그머니 넘어가 버리더군요. 갑자기 어두워져서 급하게 서둘러 내려오는데 멀리서 아주머니 한 분이 보여 따라갔더니 아주머니는 산짐승을 만난 듯이 더욱 빨리 도망가더군요.

 세월은 어떤 누구를 위해서 조금도 기다려 주지 않고 자기 할 일만을 너무 충실하게 하는 것 같아요. 여태까지 배우고 싶은 것, 하고 싶은 일들, 먹고 싶은 것 많았지만 참고 살아오면서도 현실극복을 제대로 못하고 희망의 길을 걷지 못하며 엉터리 아스팔트길을 찾아 걸어왔어요.

 여물통과 마당쇠의 생활을 하면서 나의 악마 같던 생각은 거의 묻어 버리고 생각을 바꾸어 조금이라도 선한 사람이 되어 보기 위해서 노력했어요. 상대방의 말과 이웃의 소리를 귀담아들으며 스스로의 잘못을 찾아 내려놓고 이해하며 살려고 노력하니, 부족하다고 생각했던 과거의 어려웠던 상황이 나의 건강을 지켜주었고, 나의 가정을 지켜준 것 같았어요. 그래도 70고지에서 나에게 항상 친절하지는 않지만 옆지기의 보호를 잘 받고 있고요. 또 건강을 잘 유지해서 아직까지 직장생활할 수 있어 좋은 짝꿍 만나 재미있게 일하고 있습니다.

 이 모든 것이 내 마음이 옆지기와 짝꿍의 마음속에 스며들어야 끝까지 붙잡을 수 있다는 것을 느꼈어요. 선한 마음으로 노력하면 얻을 수 있지만 그렇지 않으면 이별과 재해뿐인 것 같더군요. 끝까지 나를 보호해줄 사람은 세상에 아무도 없어요. 끝까지 노력하는 것은 나의 몫이더군요.

여기까지 왔으니 사랑과 희망을 잃지 않고 용기 내어 친절하고 아름다운 마음과 이웃을 배려하는 조그마한 마음으로 이기지 않고 지는 방법으로 자연에 순응하며 흘러가는 세월을 붙잡고 모자라는 부분을 충족하기 위하여 공을 들이며 살아갈게요. 고맙습니다.

저자 이호상

차례

6

1부

갈매기의 꿈

첫사랑

가만히 앉아 있어도 원하는 것을 모두 찾아주는 세상은 언제 올까? 공짜 없는 세상에 너무 좋은 것만 찾다 보면 그 속에서 분명 속물이 터져 나올 가능성이 높다.

나는 1976년 가을, 병력을 필하고 상경해서 바로 직장생활을 시작했다. 하숙생 20여 명과 함께 생활하면서 대부분의 하숙생들은 휴일이면 각자 집으로 돌아가는데, 몇 명은 하숙집에 남아서 빈둥거리고 있었다. 그중 한 명이 바로 나, 여물통이었다.

그렇게 빈둥거리던 어느 날 친구들끼리 주간지에 나온 주소로 펜팔을 신청했는데, 여물통 앞으로 한 달이 지나서야 한 통의 편지가 날아왔다. 예쁜 편지지에 아주 짤막한 내용의 쪽지 정도였다. 여물통도 잘 못 쓰는 편지지만 짧은 소개와 함께 편지 주셔서 고맙다고 정중하게 인사했다.

3개월 정도 편지를 주고받으며, 구체적인 소개와 어느 정도의 마음을 읽을 수 있었다. 첫 만남은 동인천 어느 다방으로 정하고, 식탁 왼쪽에 수첩을 올려놓기로 했다. 혹시나 가까이 와서 보고 도망가지나 않을까 생각하면서 기다리고 있었는데, 약속 시간을 정확하게 지켜주었다. 예쁜 아가씨가 바로 앞에 서서 서로 눈이 마주쳤다. 그때서야 '정말 나타났구나.' 안도감이 들었다. 첫눈에 몸은 건강해 보였고, 얼굴 인상은 여물통과 달리 스마일 상이었다.

여물통이 그간 여러 친구와 대화를 많이 해봤지만, 여성과 일대일로 마주 앉아 대화하는 것은 평생 처음이었다. 여물통과 박은주라는 이름은 모두 가명이었다. 본명으로 하려다가 좀 부끄러워서 가명을 쓴 것인데 아마 은주도 같은 생각이었을 것이다.

첫날은 주로 직장에 관해서 대화했다. 여물통은 상업에 종사하는 분을 선호했고, 은주는 믿음직한 월급쟁이를 원하는 스타일이었다. 이렇게 직접 대화하는 과정에서 생각하니 1차 관문은 무사히 통과한 기분이었다. 첫 만남인 만큼 식당은 좀 괜찮은 곳을 찾아야 했는데, 여물통의 평소 습관대로 소박하고 조용한 곳을 찾다보니 조그마한 한정식 집에서 간단하게 식사하게 되었다. 좀 어색한 부분도 많았지만 이렇게 한 달 후에 다시 만날 것을 약속했다.

인천의 송도유원지 가까이, 요즘 같으면 둘레길에서 2차 만남을 가졌다. 은주는 이쁜 원피스를 입고 나왔다. 처음 만났을 때와는 달리, 더욱 여성스러워 보여서 여물통의 마음을 더욱 사로잡은 것 같았다. 기쁘고 즐거운 마음으로 데이트를 즐겼다. 돌아오는 길에 은주가 동인천 화려한 양식집에서 맛있는 돈가스를 사주었다. 나는 이날 처음으로 돈가스를 먹어보았다.

그렇게 2년 정도 교제했지만 데이트 같은 데이트도 못 해보고, 같이 여행 가본 적도 없었다. 그냥 친구같이 편안하게 서로 상대방을 존중하며 양보하는 스타일로, 형편에 따라 은주가 운영하던 제과점에서 만나기도 했다. 기껏해야 은주가 좋아하는 영화구경 정도였다. 당시의 영화 제목이나 내용은 그의 기억에 없고 여물통은 그냥 따라 다니기만 했었다.

결혼문제를 구체적으로 상의한 적도 없었는데, 오고간 정이 우리 둘의 결합을 쉽게 만들었다. 결혼 날짜를 잡아놓고 집 근처 동양화학에서 큰 폭발사고가 있었다. 그때 은주는 깜짝 놀라면서 자기 집 걱정보다 "어머! 우리 결혼은 어떡하지." 했다. 무심결에 그 말이 먼저 튀어나왔단다.

나는 은주를 만나러 가면서도 특별하게 외모관리를 하지 않고, 깨끗한 회사 작업복 차림으로 많이 다녔다. 지나고 보니 오히려 그렇게 생활한 것이 은주에게 점수를 많이 얻은 것 같기도 하다.

당시 나는 결혼자금도 변변히 마련하지 못하고, 별다른 준비도 없이 흘러가는 대로 대처하고 있었다. 혼수 하러 가서도 서로 욕심 없이 간단하게 했고, 패물은 현금화하기 쉽게 순금으로 준비를 했다. 당연히 신혼여행 가서도 여유 있게 즐기지 못했다.

신혼집은 시골 닭장을 개조한 슬레이트 지붕에 10가구가 모여 사는 성냥갑 같은 집이었다. 그래도 월세는 아니고 30만 원짜리 전세에서 시작했다.

직장에서 늦게 돌아오면 아내는 하루 종일 집에서 생활한 것을 생방송했다. 시장에서 값싼 재료 구입해서 요리 책보고 요리하는 과정까지, 옆집 새댁과 차 한 잔 먹은 것까지 외롭고 쓸쓸했던 부분들을 하나하나 설명했는데도 그 당시에는 깊이 이해도 못 하고 그냥 재미있게 듣기만 했다.

결혼 생활 10여 년이 지나갈 무렵, 동원예비군 끝나고 바로 직장생활을 접었다. 다시 상경해서 퇴직금으로 조그마한 슈퍼마켓을 시작해서, 고생도 많이 했지만 고생한 만큼 보람도 얻었다.

자존심 싸움

　성냥갑 같은 집, 요즘 '나는 자연인이다'에서도 찾아보기 힘든 집이었다. 1970년대 갑자기 산업화하면서 중소도시에 인구가 늘어나 닭장, 창고 같은 곳을 개조하여 만든 집들이 많았다. 방 하나에 부엌 하나, 출입구는 부엌을 통해서 방에 들어가는, 성냥갑 같이 문이 하나밖에 없는 집이었다.

　집주인이 은주보고 전기세, 물세 계산을 부탁했다. 1979년 그때만 해도 한 집에 전기, 수도계량기가 하나였고, 10가구가 살고 있어서 전기요금, 수도요금 요금 계산하기가 꽤나 힘들었다. 열심히 노력해서, 요금을 아무리 공평히 나누어도 여기저기서 말썽이 생겼다.

　언젠가는 옆집에서 쑥덕거리는 소리를 듣고 화가 치밀어 이불 뒤집어쓰고 울었다며, 저녁밥상 앞에서 눈물을 머금기도 했다. 인심 너무 박해서 못 살겠다며 당장 이사 가자고 했다. 나는 "조금만 참으면 곧 정이 들 거야." 하면서 은주에게 달래듯이 부탁하고, 곧 서로 쳐다보며 어이없이 웃었다.

　하루는 우물가에서 포도를 씻고 있을 때 옆집 성진이가 가까이서 쳐다보고 있었단다. 은주가 성진이에게 포도 한 송이를 건네주려고 하는데 성진이 엄마가 빨리 방에 들어가라며 성진이에게 호통 치는 바람에 받으려던 포도송이를 우물가에 놓아둔 채 울면서 방에 들어갔단다.

이렇게 별것도 아닌 것을 가지고 서로의 자존심 싸움에 왕래도 없어지고, 대화도 단절된 상태에서 여러 날을 보내다 보니 서로가 불편했다. 어른들뿐만이 아니고 철없는 아이들까지 함께 고통을 당해야 했다.

서로 자존심 때문에 먼저 대화의 물꼬를 트지는 못했지만, 속마음은 어느 누구도 나쁜 감정이 없었다. 성진 엄마는 며칠 후 성진이 동생 돌날 아침에 떡과 맛있는 음식을 한상 차려서 "준비한 것 없어도 맛있게 드세요." 하며 돌 음식을 돌렸다.

여물통과 은주는 너무 좋아서 얼굴 쳐다보며 "무언가 대화의 문이 열릴 것 같다." 하며 웃었다. 맛있게 먹고 그릇을 깨끗이 씻어서 돌 축의금을 조금 넣었다. "정말 맛있게 먹었습니다." 인사한 후 상을 건네주고 돌아오는데 아내가 "오늘 정말 좋은 날인데 성진이 집에 놀러 갈까요?" 한다. 물론 가고 싶지만 "초청하지도 않았는데…" 하면서 다음을 기약했다.

다음에 추석 명절 일찍 고향 다녀와서 방문하기로 약속했다. 추석날 저녁, 포도주를 조그마한 예쁜 병에 담아 들고 성진이 집 부엌문을 노크했다. 성진이 엄마가 정말 반가워하며 "벌써 고향 다녀오셨어요? 저희들은 고향 못 갔는데." 했다. 성진이 아빠는 일어나 여물통을 아랫목으로 안내하며 "이렇게 와주셔서 반갑습니다." 인사하고 있을 때 성진이 엄마가 "막 저녁 식사하려던 참이었어요. 반찬은 없지만, 같이 들지요." 하면서 권했다. 저녁 메뉴는 나물 비빔밥이었다.

은주가 "나물 비빔밥 정말 맛있게 먹었어요." 하니 "새댁 돌아갈 때

나물 조금 가져가요." 하며 한 그릇 담아주었다. 그날 여물통과 성진이 아빠는 객지에서 돌아온 친형제를 만난 것처럼 반가워하며 벽 하나 사이에 쳐진 자존심의 철조망을 걷어버리고 우정의 징검다리를 만들었다.

다음 날 아침 우물가에서 만나 "어제 포도주 정말 맛있었어요." "너무 적어서…." 하며 인사를 나누었다. 이후 우정을 쌓은 성진이 댁과 은주네는 다른 가정보다 더 돈독한 이웃이 되었다.

얼마 후 성진네가 새 아파트로 이사를 하게 되었다. 은주가 "우리도 아파트로 같이 가면 좋겠어요."라고 이야기해서 여물통이 웃으면서 "오래지 않아 우리도 성진이네 집 옆으로 가야 되겠구먼." 하고 호응했다.

은주가 온 집안 아낙네들에게 연락해서 성진이네 집들이에 갔다. 그날 손수 만든 술이랑 음식 대접 잘 받고, 서로 과거에 잠깐 서운했던 회포를 다 풀어버리고 우정을 더욱 돈독히 할 수 있었다.

미니 슈퍼

무언가 새로운 것을 시작하려면 늘 기대 반, 걱정 반일 수밖에 없다. 무게 중심이 어디에 있어야 할 것인가 신중히 생각하고 희망적인 생각과 기초적인 지식을 갖추면 비교적 쉽게 출발할 수 있을 것이다. 그러나 '시작이 반'이라고 해도, 새로운 것을 시작하려면 생각이 많아지고 짧지 않은 기간 계획수립에 매달려야 한다.

나는 생활의 변화를 시도해 볼 목적으로 10여 년 다니던 직장을 접고, 퇴직금으로 8평짜리 조그마한 미니 슈퍼를 시작했다. 오픈하던 날 새벽, 물건을 정리하고 있는데 불빛을 보고 멀리서 손님이 찾아오셨다. 우유와 빵, 꼭 필요한 물건이 있었다며 반가워하셨다. 이런 분에게 첫 물건을 팔 수 있어서 보람 있었고 출발점에서부터 작은 희망을 얻었다.

슈퍼 시작 며칠 동안 여물통은 아는 손님이 오면 부끄러워서 진열대 뒤에 숨어버리고 은주가 앞에 나가서 물건 팔았다. 저녁 늦게 술 취한 손님이 슈퍼에 들어와서 시비를 건다든가 행패를 부리는 경우도 있었다. 그럴 때면 은주가 여물통 보고 뒤쪽에 있으라고 하고 씩씩하게 혼자서 해결하곤 했다. 대부분 술 취한 취객은 여자에게 약하고 남자에게 더욱 호기를 부리게 되는 속성이 있는 것 같았다.

처음 슈퍼 시작할 땐 나의 개인 사업이니만큼 진실한 마음으로 신용과 성실을 바탕으로 열심히 노력하려고 했지만, 사회생활은 그리 만만하지 않았다. 어느 날인가 유치원생 정도 어린아이가 친구와 같이 과자 사 먹고 집에 들어갔는데 곧바로 부모님이 슈퍼에 찾아와서 항의한 적도 있었다. 돈만 받고 물건은 안 주었다는 오해에서 비롯되기는 했는데 그때 같이 왔던 아이의 친구가 아니었으면 낭패를 당할 뻔했다.

큰딸과 같은 반 친구이기도 한 바로 뒷집 주인은 대기업 부장이어서 집에 손님도 많은 편이고 해서 우리 슈퍼에서는 아주 큰 고객이었다. 일요일이었는데 1,000원 가져와서 라면 1개 사고 거스름돈을 거슬러 주었다. 아이가 뛰어가며 동전 떨어지는 소리가 나서 밖을 내다보았을 때 동전은 이미 하수구 맨홀 속에 들어간 것 같았다.

잠시 후 돌아와서 거스름돈이 부족하다며 잘못 거슬러 주었다고 해서 사실대로 이야기했는데도 내 말을 인정하지 않더군요. 잠시 후 딸의 엄마까지 와서 이야기해도 여물통은 끝까지 고집 부렸다. 이렇게 동전 한두 개 차이로 고집부리다 큰 단골을 잃은 경우도 있었다. 그때 속이 많이 상하고 스트레스 받았다.

이웃 할아버지께서 새로 나온 향이 좋은 세숫비누 하나 달라고 하셔서 그 당시 새로 출고된 오이비누를 드렸더니 얼마 후 가져와서 향이 더럽다며 슈퍼 안에 던져버리고 가신 경우도 있었다. 여름에 게토레이가 처음 출고되었을 때, 할머니들께서 게토레이 드시다가 "무슨 이런 음료가 있어. 꼭 소변 같다."며 항의하셔서 환불해 준 적도 있었다. 한번은 하드(아이스크림)가 녹았다며 한참 만에 바꾸러 오는 손님에게 교환 불가라고 했더니 그 다음부터 볼 수 없었다.

슈퍼 앞 사거리 코너 부동산에서는 거의 매일같이 자정이 지나도록 할아버지들이 모여서 화투놀이를 한다. 겨울에는 밤참으로 남은 호빵을 거의 떨이 처리하듯 가져가시고, 그밖에도 많은 물건을 팔아주는 단골이었다. 어느 날 저녁 5,000원짜리 지폐 한 장 가져오셔서 음료수를 사 가셨다. 한참 지나서 "조금 전 만 원짜리 가져와서 거스름돈 안 받은 것 같다."고 하셔서 "그래요? 할아버지 죄송해요. 제 실수인 것 같습니다." 하고는 얼른 5,000원을 돌려 드렸다.

다음 날 저녁 다시 부동산에 음료수 한 상자 드리고 "어제 정말 죄송했습니다." 하고 달래드리고 나니 마음이 편안했다. 신용 유지를 위해서 진실은 최선이지만, 선의의 거짓은 차선책이고, 배려가 되기도 한다.

좋은 것이 좋다고, 조금 양보하는 것을 배웠다. 약한 비닐에 맥주 몇 병을 담아 슈퍼 문을 나가신 손님이 있었다. 몇 미터 못가서 비닐봉지가 찢어져서 맥주병이 다 깨어졌다. 얼른 뛰어나가 치워드리고 다시 새 맥주를 담아드렸더니 맥주 값을 지불하려 했다. "아닙니다. 제가 잘못했습니다." 하면서 거절했더니 "그럼 반값이라도 받으라." 하셔서 반을 받았다. 그분은 잠시 후 다시 슈퍼에 오셔서 다른 물건도 사가시고는 그 이후로 여물통의 고정 단골이 되었다.

환경에 따라 어떤 때는 인사하기도 싫을 때가 있고, 하물며 물건 팔기조차 싫은 사람이 있을 때도 있다. 그렇지만 직업이 서비스업이기 때문에 속으로만 그렇지 겉으로는 더 큰소리로 "어서 오세요. 안녕히 가세요." 하며 소리 지르기도 한다.

6, 7년 열심히 노력한 결과 조그마한 보금자리도 마련하고, 조금씩

생활의 여유가 생겨서 고향 나들이를 한번 했다. 열차 옆 좌석에 앉은 아주머니와 대화에서 무엇을 하느냐고 묻기에 미니 슈퍼를 하고 있다고 했더니, 아주머니 시동생도 50이 안 되었는데 슈퍼를 했다고 하셨다. 집도 장만하고, 생활은 많이 좋아졌는데, 지금은 병이 나서 큰 병원에서도 가능성이 없다며 퇴원시키라고 한다며 이야기를 이어가셨다. "손님에게 실수할 수도 있다. 한두 번 실수 없는 사람 없고 단골은 원래 왔다 갔다 하는 것."이라며 "단골은 언제든지 또 돌아옵니다. 그렇지만 건강은 한번 잃으면 다시 찾기 힘들어요."라고 이야기하시며 "특히 슈퍼 하시는 분은 근무시간이 너무 길어서 몸에 병이 와도 왔는지 안 왔는지 구분 못 하고 넘어간다."며 건강검진 잘하시라고 당부하셨다.

　얼마 후 은주가 물건정리 작업을 하면서 계속 배가 아파 약국에서 약 먹으면 며칠 좋다가 또다시 아파서 검사했더니 배속에 물혹이 자라고 있었다. 치료와 휴식을 위하여 1년 정도 슈퍼를 접고 다시 시작하기로 계획을 세웠다. 평소에도 귀가 얇아 남의 말을 잘 듣는 편인데 이번 일은 정말 귀담아 듣고, 행동을 빨리해서 아내 건강을 지킬 수 있었다.

방심은 금물

삶의 행복이란 안락함에서 오는 것이 아니다. 실수와 노력이 서로 부딪혀가며 만들어지는 것이다. 잠시 쉬며 새로운 도전을 준비하고 있으면서도 백수라는 생각에 마음속 불안감은 떠나지 않았다.

다시 슈퍼 할 자리를 찾아다니다 많이 지칠 무렵 적당한 건물을 하나 발견했다. 사막에서 오아시스를 발견한 것처럼 반가웠다. 가족도 말리고, 친지도 말렸는데 여물통이 보기에는 너무 좋아 보여서 끝내 고집을 부렸다.

계약 후 중도금까지 지불하고 공사가 이미 시작되었는데 바로 옆 아파트 지하에 대형 슈퍼가 들어온다는 정보를 입수하게 되었다. 강아지가 호랑이와 싸워야 할까를 생각하며 고민에 빠졌다. 일단 잔금을 치르고, 오픈을 하고 난 후에 생각하기로 마음먹었다. 이대로 그만두면 한 달 가까이 많은 돈을 들여 공사한 일들이 헛되이 사라질 것 같았다.

결국 아무리 생각해도 묘안이 없어서 포기를 선언했더니 건물 주인이 "이 사람 정신이상자 아니면 미친 사람이지." 하시며 야단을 쳤다. 그렇지만 이미 포기할 마음이 굳어져서 "죄송합니다. 미안합니다."라는 말만 계속했다.

그래도 세상에는 마음 선한 사람이 많았다. 진열했던 물건을 반품해

가시면서도 얼굴 한 번 찡그리지 않으시고, "혹시 다른 곳에 가셔서 다시 시작하시더라도 열심히 하세요." 하시며 위로하는 납품업자도 있었다. 그런 말 한마디에 용기를 잃지 않고 다시 나아갈 수 있었다.

오전에 슈퍼 정리를 마무리하고 집으로 돌아오고 있었다. 비를 맞으며 오토바이를 타고 내려오는데 횡단보도 가까이서 신호가 바뀌는 순간 우산을 쓴 아가씨가 뛰어들었다. 나는 큰 화물차 뒤에 따라오다 늦게 발견했다. 정면충돌은 아니고 살짝 부딪혔다.

아가씨는 넘어지면서 손으로 땅을 짚어서 손목과 목이 조금 아프고 여물통은 오토바이를 반대쪽으로 넘어뜨려서 오른쪽 팔꿈치가 약간 까졌다. 병원에 가서 X레이 검사를 했는데 결과는 둘 다 이상 없었다. 집에 도착하니 식구들이 모두 나의 얼굴만 쳐다보고 벙어리가 되어 있었다. 점심이나 먹자고 했더니 "지금 밥이 목구멍으로 넘어가요?" 하면서 은주가 반문했다.

다음날 아침에 아가씨 아버님과 병원에서 만났다. "지난밤에 걱정 많이 했지요?" 하시더니 "몸에 이상이 없으니 걱정하지 않아도 된다."고 하시기에 일단 한숨을 놓을 수 있었다.

병원에서 다방으로 자리 옮겨 합의를 위한 이야기를 시작했다. 아가씨는 몸에 별 이상이 없다고 했다. 여물통이 먼저 "일주일 정도의 치료비와 위로금 조금 준비했습니다." 했더니 아가씨 부친께서 어려울 땐 이것도 아쉬울 것이라 하시면서 반을 돌려주셨다. 이렇게 20여 시간의 암흑 속에서 확 벗어나니 순간적으로 날아갈 것 같은 기분이 들었다.

우리 부부는 쓴웃음을 지으며 이야기 나눴다. "쥐구멍에도 볕들 날이 있다는데 우리에게는 근심 걱정하지 않는 날이 없으니 어찌 된 거

야? 그래도 과욕을 버리고 웃으며 즐겁게 살아가자."며 지난밤의 못
잔 잠을 낮잠으로 채웠다.

순식간에 돈이 잠기어 꼼짝할 수 없이 10년 전의 생활 이상으로 졸
라맬 수밖에 없었다. 초등학교 1학년짜리 은진이가 라면 그릇을 들고
이곳저곳 다니면서 불어터진 라면을 말없이 먹는 것을 보니 부모로서
가슴이 아팠다. 오랜만에 계획했던 여름휴가는 물거품이 되어버렸지
만, 처남들 휴가에 끼어들어 어린 녀석들 물놀이 재미있게 즐기는 광
경을 볼 수 있었다.

'순조롭게 운영했던 경험이 있으니 더 잘되겠지.' 하는 마음으로 시
작했다가 뜻하지 않은 실패를 맞았으니 이를 어찌 감당해야 할 지 앞
이 캄캄했다.

아무도 없을 때는 한숨이 나왔다. 그래도 불행 중 다행으로 거래처
아는 지인을 만났는데 "요즘 어떻게 잘 지내십니까?" 인사말 중에 일
이야기가 나왔다. "잠깐 백수로 있습니다." 했더니 "그럼 우리 회사에
오셔서 좀 도와주실 수 있을까요."라고 하셨다.

전세 보증금 나올 때까지 잘 버티면서 생활의 변화를 잘 극복했고,
또 사장님의 친구가 정형외과 원장님으로 계셔서 오토바이 사고 때 제
대로 치료 못 한 것까지 치료도 잘 받았다. 몸도 마음도 건강해지면서
희망적으로 새 출발할 수 있었다.

미련을 버리지 못하고

다시 시작한다는 것이 부담스러웠다. 근심, 걱정이 처음보다 갑절 이상이었다. 성공할 수 있을까? 두 번 다시 실패는 없어야지 하며 염려스러운 마음을 한 아름 안고 시작했다.

집 근처에 그래도 좀 넓은 평수의 건물을 얻어 이것이 마지막이라는 생각으로 경험도 살리고, 실력을 발휘해 볼 생각으로 농협은행에 융자까지 내었다. 물건을 꽉 채우지는 못했지만 그나마 겨우 슈퍼마켓 흉내는 낼 수 있었다. 악조건 속에서도 조그마한 선물까지 마련해서 오픈 날은 풍성하게 시작할 수 있었다.

온 집안 식구가 매달려 자정까지 열심히 일을 했고, 동생과 시원한 맥주 한 잔으로 피곤함을 잊고 내일 할 일을 계획하며 잠자리에 들었다. 다음날 7시에 슈퍼 문을 열었을 때 이상한 낌새를 느꼈다. 현관 입구 바닥이 그을려 있었고, 금고문은 열려져 있었다. 일요일에 쓸 잔돈이랑 초콜릿 자리가 텅텅 비어 있었다. 구석 창문에 설치된 방범망은 아예 뜯겨버리고 없어졌다. '아하. 좀도둑이 들었구나.' 하고 112 신고를 하고 2시간 후에야 순찰차가 나타났다. "왜 이렇게 늦었어요." 했더니 순찰차 펑크가 나서 늦었단다.

정신없었다. 12시가 되도록 아침 식사도 거른 채 움직였다. 방범망

수리비와 현금과 물건까지 정확하게 알 수는 없지만, 최소한 50만 원 이상은 될 것이라 추측했다. 20여 일 후에 파출소에서 전화가 왔다. 지난번 신고한 도둑을 잡았다고, 만나보고 한심한 생각이 들었다. 겨우 중학교 2~3학년 정도의 학생이었다. 경찰들은 "한 집 털고 말 것이지 3곳을 털다가 결국은 잡혔구먼." 하며 혀를 찼다.

방범창까지 부수고 들어와서 특수절도 수준이었다. 진술 중에도 가해자의 부모들은 자식들의 잘못을 나무라거나 뉘우치는 모습은 아예 보이지 않는 듯했다. 피해자는 보는 둥 마는 둥 오직 파출소 순경에게만 매달려 우리 아들은 공부도 잘하고, 학교도 잘 다니는데 친구 잘못 만나서 그렇다며 변명만 늘어놓았다.

부모님은 합의하는 과정에서 경찰관에게만 의존하여 해결의 길을 찾으려 했지 피해자에게 찾아와서 미안하다는 말 한마디 하지 않았다. 대리인을 시켜서라도 한마디 미안한 뜻을 보였더라면 그래도 마음을 좀 녹일 수 있었을 텐데, 그런 일은 끝내 일어나지 않았다.

군포경찰서에서 빨리 합의를 하라는 독촉 전화가 왔다. 부근 부동산에서 동장님의 참석 하에 합의서를 작성하는데 "합의금이 50만 원이면 가해자의 죄가 무거워지니 30만 원으로 하자."고 했다. 부동산 안쪽 구석에서 화투 하시던 분들이 "왕년에 그런 짓 안 한 사람이 어디 있을까." 하면서 한번 용서해 주라는 뜻으로 합의를 은근히 종용했다.

피해자의 입장이라 할지라도 강력하게 주장하는 것이 너무 야박할 것 같아 일단은 도장을 찍었다. 내가 밖에 나와서 "여론에 밀려 도장은 찍어 주었지만, 최소한 50만 원을 받아도 피해는 그보다 더 큽니다." 했더니 말로는 그렇게 해 주겠다고 했다. 그러나 월요일 오후 4시가 되도록 합의금을 가지고 나타나는 사람이 없었다.

군포경찰서에서 합의용 인감증명서를 빨리 보내 달라고 요구했다. 그때 또 한 통의 전화벨이 울렸다. 동장님의 부탁을 받은 건물 주인이었다. 내용은 합의용 인감증명서 좀 해주라는 것이었다.

가해자의 이모부가 전화 내용을 다 듣고 있었다. 내가 화를 내면서 동장님이 이래라저래라 할 수 있느냐며 언성을 높였더니, 조금 난처해하는 것 같았다. 결국 20만 원을 받고 인감증명서를 해주면서 나머지는 열흘 후에 받기로 구두 약속을 했다.

"경찰서, 동장님, 우리 건물주까지 많은 분이 이 사건에 조용한 해결을 위해서 노력하고 있으니 합의에 대한 내용을 충실히 지켜주세요." 했더니 무언가 심상치 않다고 생각했던지 한 푼도 없다고 고집하던 분이 나머지 30만 원을 금방 가져왔다. 30만 원을 전해 받고 "수고하셨습니다. 자녀들이 집에 돌아오며 저희 집에 와서 미안하다고 인사나 한번 하게 해주세요. 그것으로 모든 것을 지우고 서로 좋은 이웃이 되어 봅시다." 이야기했다.

그러나 결국 아무도 나타나지 않았고 나는 그냥 잊기로 했다. 이제는 작은 에피소드로 남아 있을 뿐이다.

운동회

　맑고 높고, 파아란 가을 하늘. 달빛이 없어도 별빛만으로도 시골 암흑의 길을 밝혀주고, 코스모스 한들한들 춤을 추고, 오곡백과가 익어가는 춥지도 덥지도 않은 계절. 알밤이 떨어지기 시작하면 어김없이 찾아오는 시골 가을 운동회.

　60년대 그때나 지금이나 기본이 달리기이고 개인기 발굴이며 요즘 보기 드문 모래주머니 던지기가 참 재미있었는데, 요즘은 거의 사라지고 TV에서도 볼 수가 없어졌다. '올해는 달리기 1등해야지.' 하며 마음 벼르던 시절이 엊그제 같건만, 벌써 옛날이야기가 되어버렸고, 어른들은 하루 일손을 놓고 온 동네가 운동회 잔치를 했었다.

　그 당시 할아버지께서도 사돈어른과 짝을 지어 달리기해서 성냥까지 타 오신 것이 기억난다. 어제가 바로 우리 막둥이 은진이 학교 운동회 날이었는데 은진이에게는 정말 운동회 하면 생각하기조차 싫고, 짜증나는 날이기도 할 것 같은 생각이 든다.

　우리 부부는 가게가 바쁘다는 핑계로 운동회 참석을 단 한 번도 못했다. 그뿐만이 아니고 도시락도 못 싸주고 점심시간에 만나 자장면 먹기로 약속했다. 은진이 머리띠만 챙겨 운동회에 홀로 보내고 곧장 가게로 출근했다.

11시가 가까워져 오자 아내는 부랴부랴 간식 챙겨주러 학교로 갔다. 달리기에서 1등 했다는 자랑을 전해 들었다. 달리는 장면을 못 본 것은 아쉽지만 그래도 마음이 흐뭇했다. 여태까지는 언니도 동생도 운동회 때 등수 안에 든 적이 없었다.

12시 조금 지나서 은진이로부터 "엄마, 자장면 먹으러 가자."며 전화가 왔다. 그때 물건 차가 와서 마악 내리고 있던 중이었다. "은진아, 자장면은 집에서 시켜 먹자." 했더니 떼를 쓰며 중국집에 가서 먹겠다고 했다. "저녁에 통닭 한 마리 시켜줄 테니 혼자 가서 먹고 오너라." 했더니 그때서야 얌전해졌다.

오후에 5학년 부채춤이 있었는데 아침에 옷을 가져가지 않아 엄마가 가져가서 입혀주기로 했다. 시간은 가까워지는데 옆에 엄마도 옷도 없으니 은진이는 다급하게 공중전화로 "시간이 다 되어서 옷을 갈아입어야 되는데 어떡하지." 하면서 걱정했다. 하던 일을 그대로 두고 부랴부랴 뛰어서 겨우 부채춤 추는 데 지장이 없었다.

하필이면 운동회 날에 가게가 더 바쁜 일이 생겨서 미안하기만 했다. 친구들은 부모님과 같이 즐겁게 맛있는 음식을 먹으며 즐기는 광경을 바라볼 때 은진이의 속마음이 어떠했을까? 한창 어리광부릴 나이인데도 다른 친구들처럼 어리광도 못 부리고, 오히려 부모님 걱정하며 중국집 한쪽 구석에서 간짜장 하나 시켜놓고 혼자서 먹고 나오는 은진이의 마음을 생각했을 때 부모로서 마음 아팠다.

오후 부채춤 시간에는 다른 친구들은 부모님이 옆에 대기하고 있었지만, 은진이는 부모님 오실 수 있을까, 없을까를 걱정해야 했다. 시간이 가까워졌는데도 안 오시니 단체 행동에 빠질 수도 없고 해서, 다급하게 공중전화 박스까지 뛰어가면서도 엄마 걱정, 부채춤 걱정 두 가지 걱정을 가슴에 안고 뛰었던 그 모습을 상상해 보기도 했다.

그렇지만 오후 4시경 되었을 때 공책 3권을 들고 가게에 와서는 "엄마 오늘 1등 했어." 하며 몇 시간 전의 일은 모두 잊어버리고 오직 상을 탔다는 기쁨에 가득 차 있었다. 저녁에는 언니와 통닭 한 마리를 먹을 수 있다는 것에 흡족해 하는 은진이에게 마냥 미안할 뿐이었다.

가을 운동회는 협동심과 개인기를 발굴하는 좋은 기회이기도 하고, 학생과 학부모가 함께 즐기면서 흥겨워야 하는데도 바쁘다는 핑계로 함께 하지 못해 늘상 미안했다. 하지만 이것도 전화위복인지 어릴 때부터 은진이는 자립정신이 있어 부모 간섭 없이 홀로 계획하고 추진하는 좋은 버릇이 생기기도 했다.

불우이웃돕기 성금

누구나 세상에 빈손으로 출생하는 그 순간이 가장 평등한 시간이 아닐까 한다. 그러나 출생 이후부터는 조건의 불평등 속에서 평등을 만들어가야 하는 것 또한 우리의 삶인 것 같다.

진학 못 한 학생을 구제해주신 학교와 선생님들이 있다. 나 자신도 그렇게 도움 받던 학생이었으면서도 당시에는 봉사활동하시는 선생님께 고맙다는 생각보다, 배움에 대한 나의 욕망에만 치중했던 기억이 있다.

쌀쌀한 12월 중순인데도 눈이 아니고 겨울비가 내리고 있었다. 이틀 전 은진이가 학교 준비물이라며 박스 2개를 요구해서 준비해주었다. 다음 날 물건 배달 가는데 길거리에서 "아빠!" 하며 부르는 소리가 나서 뒤돌아보았다. 책가방을 어깨에 메고 도시락가방과 신발주머니까지 손에 든 채 여학생 4~5명이 불우이웃돕기 성금을 모금하고 있었다. 모금함 2개와 손수 만든 플래카드 2장 그리고, 머리띠까지 만들어서 모양은 어디에서 많이 본 듯 준비를 착실히 해서 길거리를 돌아다니고 있었다.

모르는 학생이 그렇게 하면 참 좋은 일 하는구나 칭찬해주고 싶지만, 지금 이 시간에 수업해야 할 학생이 그중에도 내 딸이 저렇게 해서 길거리에 나온 것을 보고, 깜짝 놀라며 무슨 생각으로 저런 행동을 할까 염려스러웠다.

과연 저 어린 학생들이 성금을 모을 수 있을까? 또, 그 성금으로 훈훈함을 느낄 수 있는 분들이 과연 있을까? 생각하니 조금 걱정스러웠다. 모금이 끝나고 친구들과 함께 가게에 와서 모금함을 개봉했는데, 39,130원이 나왔다.

나중에 집에 와서 어떻게 모금할 생각을 했는지 물어봤다. 은진이반 친구들 몇 명의 의견일치로 담임선생님께 건의해서 동의를 얻었고, 학교에서도 모든 절차를 승인받아서 학교 밖으로 나왔다고 했다. 처음에는 좀 수치스럽고 부끄러웠지만, 4학년 때 담임선생님을 만나서 모금함을 내밀었더니 격려의 말씀과 거금 5,000원을 성금해주셨다고 했다. 그때부터 용기를 얻어 퇴근 시간에 만나는 선생님마다 성금을 요구했더니 "수고한다." 하시는 분도 계셨고, 오히려 꾸짖는 선생님도 계셨다고 했다.

의왕역 출구 앞에서 그냥 플래카드만 들고 있을 때는 아무 반응이 없어서 나오시는 분들 앞으로 일일이 찾아다니며 "불우이웃을 도웁시다. 조금만 도와주세요." 인사를 하며 큰소리로 외쳤다고 했다. 그때부터 반응이 좋아졌고 성금을 내는 분들의 유형은 대부분 40~50대의 엄마 같은 분이 대부분이었다고 했다.

추운 날씨에 고사리손들이 성금을 요구하니 딸 같이 생각하시고 많이들 주신 것 같다. 성금이 많이 모였다고 좋아하는 모습이 보기 흐뭇했다. 어디에 사용할 것인가를 물어봤더니 대답은 없고, 학교 가서 담임선생님과 의논하겠다고 했다. 어떤 발상에서 이렇게 불우이웃돕기 성금을 모금하게 되었는지는 몰라도 돌발행동이 귀여웠다.

　물론 매스컴의 역할이 크겠지만 행동은 본인들의 진실한 마음일 것이다. 직접 의견을 물어보고 여러 질문까지 던져 보니 어린이들의 생각과 포부가 크다는 것을 느낄 수 있었다. 어린 시절, 작은 성취를 경험했을 때 더 큰 성취를 찾아 나설 수 있다는 생각이 들어 대견해 보였다.

　도움을 받는 사람과 주는 사람이 정해진 것이 아니고, 상황에 따라 입장이 변하는 것이 현실이다. 누군가를 돕는다는 것은 나를 돕는 일이기도 하다. 티끌 모아 태산이라는 우리 속담처럼 작은 티끌 하나라도 내놓을 수 있는 마음이 도움을 받는 사람보다 더 기쁘고 행복할 것이다.

　꼭 물질이 아니더라도 기능과 지혜를 마음 문 살짝 열고 행동으로 옮긴다면 그보다 더 좋은 이웃돕기가 어디 있을까? 어린 딸들에게 비록 성금은 많이 주지 못했지만 뿌듯한 마음으로 응원만큼은 듬뿍 보냈다.

철없는 천사들

콘크리트 덩어리 속에서 생활하다 보니 계절의 감각은 잊어가고, 마음과 행동은 둔해지기만 한다. 정신은 어느 전당포에 맡겨 놓았는지 벌써 오월이 지나가고 있건만, 언제 겨울이 지나갔는지 방한복 바지저고리 언제 벗어 버렸는지도 기억나지 않는다.

어느새 허름한 바지에 남방 저고리 하나 걸치면 생활하기에 걱정 없으니 얼마나 좋은 계절인가. 오랫동안 붙잡아놓고 싶지만 자연은 우리를 외면한 채 여름휴가를 기다리는 다른 친구들의 속삭임에 쏙 빠져들어가 버렸다.

쾌적한 환경이지만 소망하지도 않는 것들이 따라 다닌다. 쓸데없이 가게 한복판에 날아다니는 쇠파리랑 가게 옆으로 흐르는 뚜껑 없는 하수구 속에서 품어내는 이름 모를 냄새들, 이것은 나의 바람도 소망도 아닌 계절의 변화에 따라 다니는 부산물이다.

삼삼오오 떼를 지어 들어오는 어린이들을 볼 때면 모두가 천사같이 천진해 보인다. 가게 안을 살피고 있노라면 풀밭에 풀어놓은 망아지같이 이리저리 돌아다니며 만지고 눈요기를 하면서 주인장의 눈치를 전혀 느끼지 못하고 마음대로 행동한다. 요즘 같으면 CCTV가 있고 옛날에는 모서리 거울이 있는 줄도 모르고….

깊숙한 주머니에 초콜릿을 집어넣는 천사도 있고, 뒤 구석에서 과자 봉지 찢어 맛보는 천사도 있고, 허리띠 속에 캐러멜을 숨기는 천사도 간혹 있다. 부모님들과 어린이들에게는 세대차이가 존재한다. 어린이들은 자기가 하고 싶은 짓을 통제에 밀려 마음대로 할 수 없으니 부모님 없는 틈을 타서 돌출 행동하는 것 같다. 나는 그 아이들의 일탈을 알아도 차마 부모님께 이야기할 수는 없다. 이야기해버리면 미안스럽고 부끄러워서 단골집을 옮기기도 하지만 철모르는 아이의 작은 문제를 크게 비화하고 싶지 않기 때문이다.

이런 경우 계산대 옆에선 천사들에게 스스로 주머니 속 물건을 제자리에 갖다 놓도록 유도해서 모른 척 돌려보낸다. 나의 마음속도 어딘가에 문제가 많지만 그래도 이런 식으로 모른 척해주면 대부분 스스로 잘못을 안다.

천사들의 가족을 대부분 알고 지내며 집에 배달을 가보면 정말 부잣집 자녀들이다. 아쉬운 것이 하나도 없을 것 같은 가정집의 자녀이지만 한때 호기심 때문에 그러는 것이라 생각한다.

가게 문을 닫을 무렵 어린 천사 부모님과 만나 맥주 한잔하면서 서로 도난 이야기가 나왔다. 천사의 부모님도 우리 가게에서 조금 떨어진 곳에서 액세서리 잡화를 하는데 거기에는 대부분이 어린이 손님이라 눈을 돌릴 수 없다고 했다. 액세서리 슬쩍해서 가슴 속에 숨기는 사람도 있다면서 처음에는 혼을 내줄 수 없어 그냥 내버려 두었다며, 우리들의 어린 시절을 더듬어 가며 재미있게 이야기했다.

초등학교, 중학교 시절 신문배달하며 100원짜리 동전 하나 생기면 가게에 가서 500원 정도의 물건을 슬쩍하는 것은 보통이었다고도 했다. 설치된 거울을 요리조리 피해서 잡히지 않고 오랫동안 행동했는데, 조그마한 구멍가게에서 어린이들이 주인 할머니에게 들키어 꾸중당하는 것을 보는 순간 여태까지 행하여온 모든 나쁜 행동을 중지했다고 했다.

여물통도 시골 초등학교 시절 4~5km를 걸어 다니면서 사과를 몰래 따먹기도 하고, 밀밭과 감자밭에서 몰래 구워 먹고 나면 입술이 까맣게 그을려 있어서 거짓말을 해도 금방 들통 났다며, 서로 응수하며 재미있는 시간을 보냈다. 집으로 돌아오며 "부전자전이라 하더니 아버님의 기술이 그 정도였는데 자식은 아직 부모님의 수준에 도달하지 못했구먼." 하면서 한번 웃어보았다.

우리 주위에서 아직까지 찾아내지 못하고 흘러가는 미제사건이 있듯이 조그마한 잘못된 행동, 철모르고 한 돌출 행동, 단발에 끝난다면 본인들은 하나의 추억이 될 수도 있다. 영업하시는 분들은 넓은 마음으로 한두 번 정도는 지켜볼 수 있었으면 하는 마음이다. 행여나 잘못되어 배보다 배꼽이 더 큰 불상사가 없었으면 하는 마음은 다 같은 부모님의 마음일 것이다.

설날

  기쁘고 즐거운 마음으로 설 명절을 맞이해야 하는데, 해가 거듭할수록 변명거리가 생긴다. 명절이면 내용물이 확인되지 않은 신상품들이 많이 쏟아져 나온다. 하루는 어떤 영업사원이 홍삼이 많이 든 건강식품이라며 3개를 잘 보이는 장소에 진열해 놓고 돌아갔다.

  그런데 며칠 후 젊은 청년이 회사 과장이라고 명함까지 주면서 직원들이 귀향할 때 줄 좋은 선물을 찾았다. 다른 좋은 선물이 많이 진열되어 있었지만 단번에 잘 보이는 곳에 진열되어서인지 홍삼이 그려진 선물을 찾았다. 1개 샘플을 구입해 가더니 다음날 직원들 마음에 들어 한다며 42개를 주문했다.

  조금 의심스러운 마음이었지만, 주문받은 즉시 대리점으로 전화했다. 선물 50개 정도가 필요하니 구정 3일 전까지 보내 달라고 했더니 "예." 하시면서 선 결재를 요구했다. "결재는 선물 납품 후 바로 해드리겠습니다." 했더니 "마진도 좋고 귀한 선물이라 선 결제를 하셔야만 제품이 출고됩니다." 했다.

  "사정이 어려워서 선결제하기 어려운데요." 했더니 50%만이라도 결제해달라고 했다. 다시 "명절 직전이라 선결제할 형편이 안 되네요." 하면서 전화를 끊었더니 선물을 주문하신 분도 나타나지 않았고, 나머지 샘플도 찾아가지 않았다. 자칫 욕심 부렸더라면 마음고생 많이 할 뻔했다.

1995년 1월 31일, 섣달 그믐날 밤 12시가 거의 가까이 되어서 집으로 들어가니 해진이와 은진이가 한복을 차려입고, 새해 첫날 첫 시간에 세배를 드리겠다며 준비하고 있었다. 해진이는 6학년 때 만들어 준 한복을 입어서 몸에 맞았지만, 은진이는 엄마 한복을 입어서 땅에 질질 끌렸다.

"세배는 아침에 하는 거야." 하면서 설 기분을 내기 위해서 온 가족이 늦은 밤에 윷놀이를 하고 늦게 잠자리에 들었는데 갑자기 전화벨이 울렸는데 받으려는 순간 끊겼다. 옆에 있던 해진이 엄마가 문단속 잘했느냐며 일어난 김에 확인하라 했다.

현관문은 닫혀 있었으나 잠금장치는 하나도 안 되어 있었다. 문을 잠그고 들어와서 어떤 분인지 몰라도 말없이 전화를 끊었을 때는 속으로 못난이라고 했지만, 오늘 저녁만큼은 단잠을 깨서라도 문단속할 수 있었으니 너무너무 고마웠다.

설날 아침 6시에 모든 식구가 자고 있을 때 조용히 가게로 나갔다. 해가 갈수록 명절 분위기는 느낌이 오지 않았다. 선물판매량도 줄어들고, 길가의 한복차림 어르신들 모습과 색동저고리 입은 어린이들의 모습은 거의 찾아보기 힘들어지고, 대부분 평상복 차림이었다.

부모님께 전화 문안도 잊은 채 앉아 있을 때, 10시 가까이 되어서 해진이 엄마가 가게에 와서 부모님께 문안 전화 드렸느냐고 했다. "깜빡했다." 했더니 "빨리 전화 드리자." 했다. "싫어, 같은 말 되풀이하면 뭘 해." 하면서 싫다 했더니 먼저 전화 인사하고 바꿔줬다. 어쩔 수 없이

"엄마. 다음 명절에는 꼭 뵐게요. 감기 조심하시고, 동생들과 명절 잘 보내세요." 전화를 끝내고 나니 머리에 무거운 짐을 진 것 같은 생각이 들었다.

몇 년 동안 명절만 되면 바쁘다는 핑계를 댔더니 올해는 처갓집 식구들이 원주에서 차례 지내고, 인천으로 돌아가는 길에 오랜만에 딸 가게를 찾아주셨다. 그때부터 온 집안의 분위기가 활기차고 환하게 웃음 꽃이 피었다. 해진이와 은진이는 외할아버지와 삼촌으로부터 세뱃돈 듬뿍 얻어서 즐거워했다. 점심준비를 하고 있는데, "너희들도 바쁘고 길이 막히니, 빨리 출발하겠다."며 약주 한잔하시고는 바로 출발하셨다.

명절에 고향도 찾지 못하고 썰렁한 마음으로 손님만 기다리고 있는 이 시간에 자식들 한번 보고 싶어 찾아주신 처갓집 식구들 덕분에 집안의 분위기가 따뜻하여졌고, 나의 마음도 한층 가벼워졌다. 돌아가는 처갓집 식구들에게 변변한 선물도 못했는데, 떠나실 때 시골에서 가져오신 음식이랑 여러 가지 농산물을 많이 내려놓고 가셨다.

이렇게 명절에 자식들이 부모님을 찾지 못하면 부모님은 자식이 부모님을 그리워하는 것보다 몇 배 더 그리워하시며 자식 걱정 많이 하신다. 너무 바쁘다, 코로나 때문이다 이런 것들은 하나의 변명일 뿐이다. 핑계를 이용하기보다는 시간을 쪼개어 사랑하는 가족들과 만나는 기회를 만드는 것은 본인들의 마음일 것이다.

"어머님 아버님, 옛날에 성의가 너무 부족했습니다. 하늘나라에서라도 용서해주세요."

어설픈 가장

한 가정의 책임자로서 해야 할 일이 무엇인가를 잘 알고 있지만, 나는 항상 가족들을 힘들게 하고 걱정거리를 만들어 온 가장이었다. 큰딸 해진이는 초등학교를 5번이나 전학했고, 막내 은진이도 두 번을 전학했다. 올해(1995년) 해진이는 중학교, 은진이는 초등학교를 동시에 졸업했다.

가족의 행복을 추구하기 위하여 여러 가지로 노력했지만, 번번이 만족스럽지 못하고 가족들에게 고생만 많이 시켰다는 자책에 빠질 때가 많다. 그래도 '온 가족이 건강하고 그냥그냥 하루를 즐겁게 보내고 있으니, 현실이 우리 가정의 그릇이다.' 생각한다. 비록 반쯤밖에 차지 않았지만, 이것으로 만족하며 희망을 잃지 않고 살아가고 있는 것이다.

드디어 10여 년 동안 운영해오던 슈퍼를 정리하고자 가족 간에 합의했다. 시작하기도 어려웠지만 정리하기도 쉬운 일이 아니었다. 가게 보러 오신 분들이 대부분 1일 매출액과 가정 살림이 가능한지 등을 문의하고, 가게 주위를 면밀히 관찰했다. 첫 방문자가 와서 손님 상태와 주위 분위기를 보고 만족해하며 다음 날 당장 계약을 했다.

아주 빠른 시간 안에 계약이 이루어져서 마음이 홀가분하고 기분 좋게 가게 정리를 조금씩 하고 있는데, 4일 지나서 다시 가게를 내놓겠다고 했다. 물건정리를 하다 순간적으로 허탈감을 느꼈다. 그 매수자도 너무 쉽게 생각하고 방심한 것 같았다.

'나도 이런 경험이 풍부한 데 어쩔 수 없는 일이지 뭐.' 없던 일로 생각하고 있을 때 매수자가 와서 계약금 반 정도라도 돌려받고 싶다고 했다. "저도 가게 하나 준비하기 위해서 여러 곳에 투자한 금액이 엄청 납니다." 하면서 "계약 기간 안에 재계약이 성사되면 계약금 돌려 드리겠습니다." 하고 다시 교차로에 임대광고를 신청했다.

2개월 후 다시 매수를 희망하는 사람이 나타나 계약은 했지만, 마음을 놓을 수 없었다. 계약자가 오기로 한 날짜와 시간을 자주 변경해서, 혹시나 또 실수하지 않을까 하는 생각이 들기도 했다. 계획보다 3일 정도 늦게 시설비를 인수받고, 그때서야 확실하게 마음을 놓을 수 있었다.

개업 이후 처음에는 주위 환경을 너무 몰라서 일 년 동안 고생을 많이 했다. 주위에 큼직큼직한 슈퍼들이 많이 생겼지만 한번 실수한 경험을 바탕으로 이를 악물고, 끈질기게 노력한 결과 3년 동안 잘 견디어 왔다. 계약 만료기간이 다가오자 좀 아쉽기도 했지만, 깨끗이 정리할 것을 생각하니 마음이 가벼웠다.

그동안 주위에서 도움을 주신 분들께 사전에 인사드리고, 마지막 날은 성원해주신 고객들께 고별인사를 했다. 마지막 인수인계 작업을 끝내고 집에 도착했는데 그날 저녁에는 오히려 눈이 말똥말똥하며 잠이 오지 않았다.

오늘부터 스스로 저지른 인생 고생의 짐을 한 겹 벗어나는 날이라 너무 좋아서인지, 또 무엇이 닥쳐올지 모르는 미래를 생각해서인지, 감이 잡히지 않았다. 가게를 접으면서 되돌아보니 남의 실수를 용서해줄 줄 알고, 나의 실수를 빨리 인정하고 사과할 줄 아는 것을 가게 운영을 통해서 배웠던 것 같다.

모든 정리 끝나고 정말 오래간만에 식구가 함께 저녁 식사를 하고 있을 때 막내 은진이가 "아빠. 이거 얼마만이야." 하며 무척 기뻐했다. 부모들이 힘들고 어려울 때는 침묵으로 아무 표현도 하지 않다가도 이렇게 기분 좋은 날이 생기니 금방 표시를 하는 딸을 보니 대견하기도 하고 마음이 짠하기도 했다. 그간의 침묵을 통해 그간 나의 부족함이 많았다는 것을 읽을 수 있었다.

아무튼, 하고 싶은 일을 시작해서 큰 뜻은 이루지 못하고 가족들 고생 많이 시켰다. 항상 함께 도와주며 믿어준 나의 가족들에게 그동안 고마웠다고 이제라도 말하고 싶다.

갈매기의 꿈

　그동안 생활하면서 자주 여행할 정도의 여유는 가지지 못했지만, 직장 야유회는 서해 쪽 섬으로 자주 갔다. 배를 타고 육지를 조금 벗어나면 어디에서 날아왔는지 바다 갈매기가 배 주위에 따라붙는다. 어른 아이 할 것 없이 가까이 다가오는 갈매기를 모두가 반가워한다.

　새우깡을 하나씩 던져주니 갈매기들이 보란 듯이 재주를 피운다. 좌에서 우로 하늘에서 바다로 마음대로 날아다니며 던져주는 것을 놓치지 않고 잘 받아먹는다. 눈치도 엄청나게 빨라 사람이 없으면 금세 사라졌다가 과자봉지를 든 사람이 나타나면 금방 몰려든다.

　이렇게 맥주 안주할 새우깡을 갈매기가 다 먹어 버리지만 갈매기와 같이 놀며 나눠 먹는 재미에 푹 빠지기도 한다. 혼자 욕심내지 않고 친구들과 사이좋게 나누어 먹는 갈매기를 보고 있자면 관광객들의 마음도 즐겁고 풍요로워진다.

　각박한 환경 속에서 생활하다 오랜만에 넓은 바다를 바라보며, 재롱으로 우리들의 마음을 즐겁게 해주던 갈매기들과 재미있게 대화를 하다 보면 동심의 세계에 빠지게 된다. 어느새 맥주 한 잔 마시는 것도 잊어버리고 섬에 도착하니 갈매기들은 굿바이 인사도 없이 사라진다. 우리들끼리 짐을 꾸려 선착장을 걸어가니 무언가 친구 하나가 없어진 생각이 들었다.

무덥던 여름은 지나가고 조금씩 식어가는 9월 초순. 늦은 감은 있지만, 여름휴가로 오랜만에 가족들과 영종도를 찾았다. 부둣가에서 한바퀴 돌며 싱싱한 먹거리를 준비했다. 바닷가 나무 그늘 아래 자리 잡고 한잔하고 낚시터를 찾아 내려가는데 물이 빠지는 시간이라 갯벌이 드러나기 시작했다.

갯벌 위에는 살아 움직이는 고기들이 보였다. 머리가 영리한 갈매기들이 얼씨구 좋아라 하며 몰려들어 갯벌에서 주둥이로 낚시를 시작했다. 그런데 불행하게도 일진이 좋지 않은 갈매기 한 마리가 낚싯바늘에 물린 고기를 물고서 낚시 끝에 붙들려 버둥거리고 있었다.

처남이 갯벌에 뛰어 들어가 갈매기를 붙잡아 바늘은 빼고 "매형. 이거 구워 먹을까 날려 보낼까." 물었다. 얼른 대답하지 못했다. '작은 참새도 애써 잡아먹는데, 그냥 굴러 들어온 갈매기를…' 머뭇거리다 보니, 어디서 날아왔는지 수십 마리의 갈매기가 조잘거리며 부상당한 갈매기 주위를 돌며 친구 갈매기를 살려 달라고 애원했다.

놓아주어도 그 자리에서 힘에 부쳐 날지를 못하고 있을 때 가족 갈매기들이 주위를 돌면서 계속 갤갤 시위를 했다. 나 자신이 갈매기에 포위당한 것 같은 생각이 들어 얼른 날려 보내려고 해도 즉시 날지를 못했다. 이윽고 조금씩 몸을 움직여 준비 운동을 하더니, 1m 정도를 두세 번 푸드덕 움직여본다. 그러다 눈 깜짝할 사이에 고맙다는 인사도 없이 가까운 물가에 한 번 앉더니만 보이지 않는 곳으로 날아가 버렸다.

갈매기들은, 우리 인간들을 믿으며 즐거운 마음으로 재롱까지 부리며 살아왔다. 그런데 부상당한 친구를 빨리 돌려 보내주지 않는다고 조잘거리는 모습이 마치 우리를 원망하는 것처럼 보였다.

갈매기들은 부상당한 가족 한 마리를 구출하기 위하여 온 가족이 목숨을 걸고 함께 호소하고 시위한다. 언제 어디서 누구에게 잡혀갈지도 모르는 위기상황에서도 거침없이 행동하는 모습을 바라보니, 훈련된 군인들의 모습과 하나도 다를 바 없어 보였다.

가족을 지키기 위해서 경계하는 모습, 나 자신이 본받아야 될 것 같은 생각이 들어서 잠시나마 부끄러움을 느끼고 잘못 생각한 것 그 자리에서 갈매기들에게 사과했다. 동료 갈매기가 탈출하자마자 그 많던 갈매기들이 무슨 명령, 지시를 받았는지 삽시간에 없어졌다. 무슨 비상연락망이라도 있는지 알고 싶을 정도로 궁금했다. 앞으로 갈매기처럼 가족들을 위해 온몸을 던질 것이다.

IMF 때문에

1997년 말 IMF라는 뜻도 모르는 이상한 이름에 너나 할 것 없이 직격탄을 맞았다. 사장님은 입이 부르트도록 절약을 부르짖으며, 모든 수당을 동결시키고, 무급휴가까지 계획하며 이면지 사용하기와 일회용품 사용 안하기 등을 시작했다. 하루아침에 하늘에서 벼락이 떨어진 것 같은 생각이 들 정도로 갑자기 분위기가 변했다.

실제로 1998년 봄부터 월급이 반 토막 났다. 스스로 사표 쓰고 나가는 직원이 있었지만, 그 와중에도 계속 감원 바람이 불고 있었다. 1차 무급휴가 중 귀농 교육을 가서, IMF식 귀농작물이라는 이름의 몇 가지 농작물 관리를 배웠다.

2주 정도의 무급휴가를 마치고 회사로 돌아왔지만 그때까지도 작업량은 확보되어 있지 않았다. 서로 모여서 웅성거리며 현장 분위기가 너무 좋지 않아서 안면몰수하고 사장실을 찾아갔다. 지금 월급으로는 가정에서 고기 한 근도 사 먹을 수 없고, 너무 현장 분위기가 안 좋아 위기의식을 느낄 정도라며 IMF식 회식을 요구했다.

원재료만 구입해주시면 현장에서 우리가 직접 대청소하고 드럼통에 장작 태워가며 체육대회 겸 회식을 하겠다고 사장님께 졸라대고 있을 때, 동료직원들 중 내가 사장님과 대화하는 모습을 보고 이상하게 생각한 사람들이 있었다. 그중에 5월 말 감원 대상자도 한 명 있었다.

다음날 점심식사 후 K 과장이 공구실 안에서 문을 걸어 잠그고 은밀히 이야기했다. 이번 해고는 L 대리가 사장님께 고자질해서 생긴 일이라며 5월 30일 회사를 그만둘 때 혼내줄 것이라고, 나에게 알려줬다.

5월 말경 사내체육대회 겸 IMF식 회식을 하게 되었다. 한쪽에선 족구대회를 하고 있었고 K 부장님은 장작을 모아 삼겹살을 구워가며 캠핑장을 방불케 했다. 5월 말 해고 경고를 받은 분이 바로 옆에서 계속 술을 권했다.

따르는 대로 받아들이는 척하면서 눈치를 보아가며, 소주는 계속 낭비되고 있었다. 주거니 받거니 하는 모습을 보고 말리는 분도 계셨지만 괜찮다며 술수에 넘어가는 척했다. 비틀거리며 족구장 한 바퀴 돌고 돌아오면 또 한 잔의 술이 가득 차 있었다.

빈 병만 늘어가서 다시 가게에서 소주를 더 사 왔다. 중간 중간 언어폭행까지 당해가면서 술을 마시는데 정말 그의 주량은 끝이 없었다. 술 한 잔 먹으면 얼굴이 붉어지면서 술 취한 척하는 것이 나의 취미 중의 한 가지였다. 그는 아주 친한 척 손을 잡아가며 술을 권했다. 좋아하는 척하며 아까운 소주는 계속 하수구로 흘러갔다.

2차 무급휴가를 떠나기 전 구내식당 자리에서 숯불을 피워가며 삼겹살을 구워 먹는데 완전히 식당 안이 너구리 잡는 굴 같았다. 눈물범벅에도 까맣게 그을려가는 고기 한 조각 맛있게 먹으며 환경 탓하는 사람 하나 없이 분위기는 익어갔다.

나는 술이 싫어서 소주병에 사이다를 넣어 옆에 두고 소주 대신 따라 마셨다. 옆에서 누가 술이 떨어졌다며 소주 좀 달라고 해서 그냥 한잔

따라주었다. 마침 주태백이었는지 "누가 이딴 짓을 했어." 하며, 야단법석 떠는 바람에 소동이 일어나기도 했다. 의도한 것도 아닌데 술좌석에서 장난쳤다고 한참 어린 동생뻘에게 혼이 나고 미운오리 취급을 받기도 했던 일로 기억된다.

2차 무급휴가 끝나고 첫 출근을 했는데, 공장에 불이 꺼져있고 이상한 기류가 흘렀다. 작업 시작 벨이 울렸다. 오늘도 2명이 사직(해고) 권고를 받고 내려왔다. 그 중에는 같이 일하는 가까운 친구도 한 명 있었다.

그 친구는 "무급휴가 끝내고 다시 출근한다며 마누라, 자식들에게 큰소리 치고 왔는데 이게 뭐냐? 2km 남짓한 거리를 걸어서 즐거운 마음으로 출근했건만 2시간 만에 회사에서 쫓겨나는 이 심정, 누구든지 걸리기만 하면 혼내주고 싶은 심정."이라고 토로했다.

이렇게 해서 30여 명의 직원이 반으로 줄었다. 한동안 언어 폭행과 부당한 처우를 당하면서도 침묵으로 일관하는 세월이 이어졌다. 어느 날 퇴근 시간에 재관실에 5월 말에 해고된 직원이 와있는 것을 보고 들어갔더니 구석에 족발과 술이 마련되어 있었다.

"어, 오늘 술 생각이 나더구먼 잘되었네." 하면서 들어갔더니 대뜸 하는 소리가 "우리 두 사람만 있었으면 당신의 남은 생명 30~40년이 아까웠을지도 몰라." 하는 말부터 시작했다. "야, 너 오해했으면 미안하다. 앞으로 잘해보자. 언젠가는 또 만날 것이다." 하며 소주 한 잔 반갑게 받아들고 차근차근 이야기했다. 좀 심각하게 받아들이는 것 같았다.

"야. 너 부곡에 오면 맛있는 차 한 잔 대접할게 시간 나면 언제든지 전화해." 했더니 그 말끝에 어느 정도 누그러지면서 "형님. 그동안 죄송했어요." 했다. 물론 같이 근무했어도 제3자가 볼 때는 아무것도 아닌 것 같지만 우리 각자에게는 엄청난 고통이었을 것이다.

IMF라는 이름만 들어도 무서웠으며, 조그마한 일이 큰일로 번지고, 갑자기 직장을 잃게 되어 끝내는 목숨까지 부지하지 못 하는 일들이 비일비재했다. 그래도 해고당하지 않고, 겨우 붙어 있으면서, 전반기에 해고되신 분들의 마음을 너무 이해하지 못한 점 부끄럽게 생각하며 죄책감을 느끼기도 했다.

IMF의 교훈

오솔길 가끔 걷다 보면 우거진 숲속에서 드문드문 피어나는 야생화에 나비와 벌들이 먹거리 찾아 눈코 뜰 새 없이 곁눈질 하지 않고 자기 일만 열심히 하고 있다. 자연 속의 모든 구성원들은 누구든지 자기를 건드리지 않으면 먼저 공격하지 않는다.

가을에 알밤 주우러 산에 돌아다니다 땡벌(왕벌집)을 잘못 건드려 머리와 등에 쏘여서 혼난 적이 있다. 어찌나 화가 나던지 치료 마치고, 완전무장해서 다시 찾아가 사람 머리만한 벌집을 단번에 부숴버리고 얼른 도망 왔다. 일주일 후에 다시 가보았더니 부서진 벌집 속에 벌이 가득 들어 있었는데 벌들은 누가 집을 부쉈는지도 모르고 그냥 보초만 서고 있었다.

등산길 같은 데서 멧돼지 같은 힘 센 짐승들도 힘을 과시하기보다는 먼저 안전한 곳으로 피해 다닌다. 그나마 아예 힘없는 조그마한 짐승들은 바스락 소리만 들어도 안전을 위해서 도망 다닌다.

기능직에서 열심히 일하면서 한 번도 느껴보지 못한 IMF라는 무서운 짐승을 만난 나는 어떻게 처신해야 할지 정신없어 방향감각을 잡지 못하고 있었다. 너무 무서워 겁부터 먼저 먹고, 기업주는 기업을 지탱하기 위해서 가장 쉬운 방법으로 감원 조치부터 실행했다. 우리 기능공

들은 믿고 일하던 회사에서 생각할 틈새도 없이 막무가내로 쫓겨나니 아무리 집토끼같이 순한 마음을 가진 사람이라 할지라도 모두가 멧돼지와 땡벌로 변신할 수밖에 없었다.

막다른 골목에서 쥐도 고양이에게 덤벼든다고 하지 않았는가. 무심한 세월 속에 양보 없는 욕심 때문에 쉬운 방법만을 선택하다 보니, 힘이 약한 사람이 먼저 희생양이 되는 일이 비일비재했다.

차라리 잡아먹는 것 보다 잡아먹히는 편이 더 좋을 것 같은 생각이 들 정도였다. 자금난에 시달리던 거래처 사장님(WJ)이 찾아오셔서 3개월 치 물건을 외상으로 줄 것을 호소했다. 서로 믿고 의지하는 마음에서 가계수표 1년짜리 받고 제품을 만들기 시작했고 우리 사장님은 그 가계수표로 새 기계를 구입했다.

2000년 12월에는 IMF식 송년회를 마지막으로 회사 운동장에서 좀 많은 먹거리를 준비했다. 해고된 직원들, 연락이 닿는 분들을 모두 초청해서 장작불 피워놓고 소주 한잔하며 앞으로 재미있을 일만 생각하며 마음껏 즐거운 시간을 만들었다.

IMF는 많은 사람들을 너무 힘들게 만들었다. IMF가 터지고 6개월이라는 기간 안에 해고당하신 분들 생각할 때마다 마음 아프고 미안한 생각이 들던 터였다. 아직 앙금이 완전히 사라지지 않았는데도 이렇게 직접 초대해서 소주 한잔 삼키는 그 순간이 지나고 나서야 땡벌과 멧돼지들의 무서움을 조금이나마 잊을 수 있을 것 같았다.

잠자는 사자를 건드리면 가만히 있을까? 벌집을 건드리면 벌들이 가만히 있을까? 요즘 같은 이기주의가 팽배한 세상에서 토끼와 닭 같이 겁 많은 짐승들도 비록 도망 다니면서 생존하고 있지만 사자와 땡벌의 틈바구니에서 잘 적응하고 있다. 이 세상은 땡벌과 사자만의 세상이 아니고 토끼와 닭같이 힘없는 짐승들도 함께 공존해야 할 것이다. 함께 같이 살아남아야 한다.

IMF때 잘리지 않고 함께 일하던 친구들은 한 명 두 명 흩어져서 연락은 물론 생사조차 모르지만, 땡벌 같던 친구들은 지금도 연락이 닿아서 수시로 소주 한잔하고 있다. 전화 한 통이면 순댓국집에서 따뜻한 국물과 소주 한잔할 수 있는 사람은 그들밖에 없다. 원수도 멀리하면 적이 되고, 가까이하면 나의 영원한 친구가 될 수 있다.

부모님 생각

세월 앞에는 어느 누구도 이기지 못하고 항복할 수밖에 없다. 젊은 시절 동지섣달 긴긴밤에 친구들과 재미있게 허송세월을 보내셨던 아버지는 5남 2녀 식솔들을 거느리고 도시로 나와 여러 가지 노동일 등 안 해본 것 없이 이것저것 하시며 고생 많이 하셨다.

매일 열심히 일해도 항상 마이너스 생활을 이어가는 것은 물론 엄동설한에는 일이 없어 빚을 지고 살아가야 했다. 그래도 간조날(월급)에는 엄마가 좋아하는 무침회를 사 오셔서 마주 앉아 드시던 모습이 기억난다.

옛날이나 지금이나 가정 경제가 어려우면 자식들 고생하는 것은 당연한 일이다. 우리 형제들은 어려운 환경을 탓하지 않고 현장에서 고된 일을 하면서도 부모님을 도와가며 주경야독하며 열심히 살았다. 그렇지만 부모님 살아생전에 맛있는 음식 한번 제대로 못 차려 드리고 좋은 옷 한 벌 못 해 드린 채 세월이 흘러가 버렸다.

어느 날 아침 아버지 얼굴이 핼쑥해진 것 같았다. 얼굴에 윤기가 없고, 얼굴색이 하얗게 바랜 것처럼 보였다. 며칠 뒤 병원에서 폐암 말기 진단을 받았다. 우리 가족에게는 청천벽력이나 마찬가지였다.

아버지는 병원에 입원해 치료를 받으면서도 아픈 표시를 내지 않으셨다. 우리가 병문안할 때마다 식사도 잘하시는 것은 물론 오히려 옆 침대에 앓아누워 움직이지도 못 하는 이웃 환자들을 걱정하셨다.

아버지는 대화 중 흘러간 옛날 일들을 어렴풋이 기억하시기도 했지만 인지나 기억력이 조금 떨어진 것 같았다. 아버지 생년월일과 집 주소를 묻는 병원 측의 질문에 생각나지 않아 즉시 대답을 못 하셨다.

"상아. 지금 옥상에 누가 와있다." "누구예요." 하면, "옛날에 함께 일하던 친구 같은데." "함께 가보실래요." 하니 "아니야. 아니야." 하시고 곧 저녁 식사 시간이 다가오는데도 "점심 언제 먹을 거야." 말씀하시기도 했다.

신년을 맞아 아버지는 병원에서 일주일 퇴원해 가족과 함께 집에서 지내기로 했다. 퇴원 다음날 "왜 아직 안 오는 거야. 상아, 지금 몇 시지?" 하시며 아들과 며느리를 기다리셨다. 결국 신년 전날 온 가족이 함께 모여 점심 식사까지 잘하시고 15시경 호흡이 갑자기 가빠져서, 119 구급차로 이동 중에 별세하셨다.

옛날 할머니들은 손녀만 있고 손자가 없으면 자식 걱정을 많이 하셨다. 40대 초반에 어머니가 "상아, 너는 아들이 없으니 늙어서 용돈 줄 사람이 없겠구나." 하시면서 연금 들 것을 여러 차례 말씀하셨다. 그래서 당시 여러모로 힘들었지만, 말씀대로 연금을 붓기 시작했다. 시간이 지날수록 '정말 잘했구나.' 하는 생각이 들었다.

어머니는 평소에도 몸이 안 좋으셔서 병원을 자주 왕래하셨다. 하루는 "상아. 장롱 밑에 통장 하나 있는데, 그 비밀번호는 너 음력생일이고 내가 큰병 나면 병원비로 쓰거라." 하시면서 "너 다음부터 내려와도 따뜻한 밥 한 끼 해주기 힘들 것 같다. 내가 밥 못 해주면 어디 가서 따뜻한 밥 한 끼 제대로 먹을꼬." 걱정하셨다. 그리고 새벽 미사에 다녀오신 즉시 불편한 몸으로 아침 식사를 준비하시면서 이것이 마지막이 될지 모르겠다고 예언처럼 말씀하셨다.

병원에 입원하신 이후 내가 "엄마, 부른 배는 좀 어떠세요." 했더니 "네가 오늘 저녁 내 옆에서 같이 자니 마음이 편해서 많이 좋아진 것 같다."라고 하셨다. 나는 주말에 한 번씩 내려왔는데 그날이 나의 간호 당번이었다. 그런 날마다 "방 열쇠는 부엌 옆 신발장 밑에 있으니 밥 챙겨 먹고, 한숨 편하게 자고 오너라.", "앞으로 내려와도 잠잘 곳이 마땅치 않겠구나." 하시면서 어머니는 끝까지 내 걱정만 하셨다.

집 문제로 걱정을 많이 하셔서 결국 동생하고 집을 합치기로 하고 말씀드렸더니 엄마 얼굴이 무척 밝아 보였다. 그러나 겉으로 웃으면서도 다시 직장으로 돌아가는 아들을 보는 어머니의 눈시울에는 눈물이 맺혀 있었다.

얼마 후 주말에 내려왔을 때 엄마가 주무시지 않고 계셨다. "엄마!" 불렀더니, "밤늦게 왜 또 왔니. 저녁은 먹었어?" 하셨다. 다음 날 아침 식사가 들어왔을 때, 엄마는 밥 딱 한 숟가락 드시고 내게 "이 밥이라도 먹어라." 하셨다.

"엄마, 며칠 더 있으면 새집으로 이사합니다. 동생과 함께 사실 집으로요." 그때 이말 저말을 해도 알아듣기는 하시는데 즐거운 표정은 볼 수 없었다. 이사 후 힘들어하시는 엄마 얼굴빛을 바라보고도 어쩔 수 없이 다시 직장으로 향했다.

이사하고 일주일 후 의사 선생님의 결정으로 퇴원하게 되었다. 퇴원 3일째 되던 날 수녀님들과 함께 마지막 미사를 드린 후 위독해지셨다는 연락을 받았다. 결국 한 시간 후에, 임종을 지키지도 못한 채 돌아가셨다는 연락을 받게 되었다.

항상 자식을 사랑하고 걱정하시는 부모님의 마지막을 지켜드리지 못했다. 어머니 장례식은 천주교식으로 진행하며 형제들의 종교 생활을 존중해서, 기독교, 불교 모든 의식을 마다하지 않고 다 받아들여 한 사람이라도 섭섭함이 없게 했다. 비록 살아계실 때는 어렵게 사셨지만, 하늘나라로 가실 때는 잘 자라준 자식들의 축복 속에 친지들의 칭찬이 끊이지 않았다. 우리 부모님은 어디 가서 집 자랑, 돈 자랑할 것이 없었다. 그렇지만 그런 와중에도 별것도 아닌 자식 자랑은 조금 하시는 것 같았다.

우리 아들 어디에 다니고 지금은 직급이 ○○이며, 막내는 좋은 직장을 가졌다고 주변에 이야기하시는 것 같았다. 아들이 아파트 분양받아서 짓고 있는 건물을 수시로 찾아가 보시고는 "저 건물에 우리 아들이 들어갈 집이야." 하시며 기뻐하시고 고대하셨으나, 아들의 승진하는 것도 아파트 입주하는 것도 못 보셨다.

어머니는 아버지와 달리 자식 걱정을 많이 하셨다. 손자 없는 아들 걱정, 못 사는 아들 걱정, 객지에 나가 있는 자식 걱정, 시집간 딸 걱정까지 늘 걱정을 달고 사셨다.

인생 빈손으로 와서 빈손으로 간다고는 하지만, 날 때는 부모님 손이 내 손이요, 갈 때는 자식들의 손이 내 손이다. 어머니는 어려운 가운데서도 자식 손에 조그마한 통장 하나 남겨놓고 가셨다.

우리가 어릴 때 부모님의 말씀 중에 선의의 거짓말이 많았다. 먹을 것이 부족할 때는 감자 한 개 드시고도 "배부르다. 너희들 더 먹어라."

하셨다. 상급학교 진학할 때 말로는 응시 못 하게 하시던 아버지께서 합격자 발표 날은 어떻게 아셨는지 새벽에 누구보다 먼저 발표장을 찾아가셨다.

쌀이 귀한 시절 "생쌀 먹으면 엄마가 빨리 죽는다."고 하시며 양식 단속을 하시던 기억도 있다. 몸이 편찮으셔도 늘 참으시고, 저녁 늦게 집에 돌아와서 "엄마 식사했어요?" 하면 "조금 전에 먹었으니 너나 얼른 먹어라." 하시던 그 모습이 지금도 가슴속에 아련히 떠오른다.

애호박

초등학교 졸업 후 도시로 나와 직장생활을 하다 보니 나는 더욱 고향이 그리워졌다. 언젠가 고향으로 돌아가 좋은 먹거리를 생산해서 온 국민에게 농산물을 싼값에 제때에 공급할 수 있는 방법이 없을까 생각을 해본 적도 있다. 1998년 IMF 때, 갑자기 직장에서 일감이 부족하여 그 틈을 이용하여 고양, 안성, 춘천 등지에서 귀농교육을 열심히 받고, 현장견학도 했다.

그 당시 귀농은 내게 큰 호기심을 불러일으켰다. 함께 귀농 교육을 받던 동료 중 한 명이 "어디에 땅이 있느냐?" 물었다. "땅이 한 평도 없다."고 했더니 "땅도 없이 무슨 농사를 짓겠다고 귀농 교육을 왔냐."며 비아냥거리는 일도 있었다.

지금도 마찬가지다 농업에 관심은 있지만 이제까지 한 평의 농지도 소유해 보지 못했다. 물론 조그만 농지라도 있으면 주말농장 겸 실습도 많이 해보며 틈틈이 연구할 수 있겠지만, 그렇지 못했다. 나는 아파트 베란다 혹은 거실에서는 농사지을 수 없을까 생각을 하며 연구에 몰두했다. 이렇게 생각해낸 것이 수경물레였다.

야유회 때 강원도 쪽 휴게소에서 대형 물레를 구경하고 자꾸 마음이 그쪽으로 끌렸다. 처음에는 커다란 물레가 한가하게 돌아가는 것을 보고, 저 게으름뱅이에게 일을 시키면 좋겠구나 하는 정도였다.

그러다 '물레를 이용해서 농사를 지으면 어떨까?' 생각하게 되었다. 작업 중 틈틈이 연구 제작을 시작하여 물레전시장, 동대문시장, 황학동 벼룩시장까지 많이 돌아다녔다. 그러나 아무리 찾아봐도 내가 생각하는 것과 비슷한 물레는 발견할 수 없었다.

결국 직접 개발하기로 했다. 몇 번의 실패를 거듭했지만 열심히 노력한 결과 실용신안을 출원할 수 있었다. 특허를 받으려고 했으나 실용신안으로 결정되어 아쉬웠지만 거기까지를 나의 한계로 받아들이기로 했다.

현재는 샘플만 한 대 만들어서 아침저녁으로 쳐다보고 있다. 본격적으로 농산물을 재배하기에는 조금 부족하지만 화초 가꾸기에는 안성맞춤인 일종의 수경재배물레이다. 얼마 후 일산 킨텍스 전시장에 갔더니 내가 개발한 수경물레와 비슷한 대형 농산물 생산기계가 전시되어 있었다. 가격도 꽤 나갈 것 같았고 '나보다 몇 배 더 노력하신 분이 있구나.' 하고 생각했다. 수경물레 구상은 가뭄이 메마른 땅에서도 물 한 바가지로 자동 회전시키면서 농사지을 수 있는 방법으로 아직 나름대로 희망을 품고 계속 노력하고 있다.

개발을 포기한 것은 아니고 잠시 접을 무렵 직장이 군포시에서 화성시로 이사하게 되었는데 다행히 공장 울타리 밖에 넓은 공터가 있었다. 나는 귀농교육 때 가장 재배하기 쉽고 소비가 많은 농산물인 호박, 오이, 가지, 고추 같은 채소류 작목을 배우면서 애호박에 대한 관심이 많았다.

호박, 고추같이 큰 힘 들이지 않고 잘 자라는 농작물을 공장 울타리

밖에 심어서 열심히 가꾼 결과 3개월이라는 짧은 기간에 수확이 가능했다. 보잘것없는 농산물이지만 마음이 즐거웠다. 다른 동료들이 보면 웃음거리가 될는지는 몰라도, 나는 예쁘게 생긴 호박이 생각보다 빨리 자라고 많은 열매를 맺는 모습이 너무 기특해 보였다.

아침에 출근하면 출근 카드 찍는 것보다 먼저 찾아가는 곳이 호박밭과 고추밭이었다. "굿모닝, 밤에 잘 잤니?" 아침 이슬 맞아 더욱 싱싱해 보이며 예쁜 얼굴을 하고 있는 호박을 따서 퇴근시간에 동료 직원들에게 주었더니 모두가 고맙다고 인사하고는 고이 모셔가는 것을 보고서 나의 마음은 너무 흡족했다.

항상 얻어 가기는 쉬워도 남들에게 직접 준다는 것이 그리 쉽지는 않았다. 그렇지만 나는 즐거운 마음으로 생산한 싱싱한 농산물을 동료 직원들에게 줄 수 있었다는 것이 너무 행복했다.

나의 노력과 자연의 도움으로 생산한 최상의 상품이라고 생각했지만, 가격으로 치면 천 원도 안 되었다. 그래도 내가 직접 생산한 농산물을 선물할 수 있는 기회가 생겼다는 것이 너무 기분 좋았다. 올여름도 계속해서 많은 열매가 맺어 주기를 기대하고 있다.

군에 입대한 딸

작은 아이는 놀 땐 놀고 할 땐 눈 깜짝하지 않고 밤을 새워서라도 책임을 다하는 성질이었다. 대학 졸업 후 무언가 한가지 하고 싶은 것 하라 했더니 운전을 배우고 싶다고 했다. 졸업 후 2개월 만에 보통 1종 면허증을 취득했다.

평소에 대화를 나누다 "내가 체력만 좋았으면 군인의 길을 걸었을지도 모른다."는 이야기를 한 적이 있었다. 딸아이는 "아빠! 나, 군에 가도 되는 거야?" 하며 물어왔다. 그때만 해도 꼭 입대하리라고는 생각을 못 했다. "너, 체력이 안 될 것 같은데." 했더니 "아빠. 키는 얼마 이상이고 몸무게는 얼마까지야?" 하기에 "야, 너 그 키면 군에 갈 수도 있겠다." 했다. 모든 식구가 한바탕 웃었다.

둘째는 일단 허락한 것으로 인정하고 그때부터 바쁘게 움직이기 시작했다. 시험공부에 체력단련에 또 실업자 취업준비에 비밀 유지까지 여러 가지로 식구들이 한마음이 되었다. 단번에 합격하기란 쉽지 않았다. 육군에서 면접을 남겨두고 해군에서 부사관 합격 통보가 왔다.

딸아이는 내게 "어디가 좋을까?" 질문했다. "전공을 봐서는 육군이 좋을 것 같은데, 먼저 합격한 곳으로 가는 것이 좋을 것 같다."라고 했다. 엄마와 딸이 주먹을 쥐고 '짱!' 하는 소리가 들렸다.

그때 아빠에게 처음 알린 것이었다. 처음에는 꼭 합격했으면 하는 희망사항이었으나 막상 군 입대를 하게 되었다는 사실에 기쁘기도 하고 걱정스러웠다. 입대 하루 전날 형제들에게 연락해서 "은진이 군에 간다." 했더니 모든 동생이 의아해 했다. 제대한 조카들도 "너 미쳤니? 왜 고생을 사서 하려고 하니." 하며 놀라워했다. 그렇지만 본인의 희망사항이 이루어졌으니 박수칠 수밖에 없었다.

마산에서 택시 타고 기사에게 진해 해군집결지를 물어 좀 일찍 근처에 도착했다. 그런데 기사께서 "입대하신다면서 당사자는 어디에 계세요?" 했다. 우리 가족 3명이 동시에 웃었다. 당사자인 은진이는 기사 뒷좌석에 앉아있어서 기사님의 눈에 보이지 않았던 모양이다. 아니면 보이지 않은 것이 아니고, 그 당시의 해군 여군 부사관이 신설되어서였을 것이다.

점심식사 시간인데도 식당은 한산했다. 손님 접대로 선풍기 두 대를 우리 쪽으로 돌려주면서 음식 준비하는 동안 식당주인이 먼저 말을 걸어왔다. "오늘 자녀가 입대하는가 보죠?" 했다. "예." 그러면서 여러 가지 이야기를 했다.

식당 아주머니께서 해군 운전병은 참 좋다며 이야기했다. 나중에 개인택시 면허 취득도 할 수 있고, 기술도 배워서 사회에 나와서 써먹기 좋다며 장점을 늘어놓았다. 듣던 중 반가운 소식이었다. 우리 은진이가 바로 바로 운전 부사관이었다. 한참 동안 이야기하던 식당 주인이 "오늘 당사자는 언제 오시나요?" 했다.

은진이는 이야기를 듣고 옆에서 싱긋이 웃으며 식당 주인을 쳐다보았다. 그때 내가 식당 주인에게 "우리 막둥이 딸이 해군 여성 부사관

운전 특기로 갑니다." 했더니 의외의 표정을 지었다. 딸이 부사관으로 입대한다고는 생각지도 않았던 모양이었다.

식전 행사 때까지만 해도 가족과 함께 웃으며 재미있었는데, 행사가 끝나고 운동장과 스탠드 사이에 선이 그어지더니 그때부터 분위기가 서늘해졌다. 어떤 분들은 눈물을 보이기도 했다. 우리는 "딸이 군에 가는데 엄마가 눈물도 흘리지 않네." 하면서 서로 웃으면서 손을 흔들었다.

이렇게 은진이를 보내놓고 혹시나 기초훈련과정에서 체력 약화나 과로로 돌아오지나 않을까 걱정을 많이 했다. 드디어 '부모님께'라고 시작하는 편지가 왔다. '은진이 없어서 심심하지? 나 보고 싶지? 가 입교 기간에 눈에 다래끼 나서 병원에 다녔어.' 그 외에는 큰 어려움은 느끼지 않는다며 '엄마, 아빠 나 3개월만 죽었다가 다시 나타날게.' 하는 내용이었다. 대단한 각오가 느껴지는 편지를 받으니 애잔하기도 했지만 걱정을 한시름 놓을 수 있었다. 그러면서 말미에 '군사훈련 끝나고 첫 면회만큼은 절대로 잊어버리지 말라.'고 당부했다.

두 번째 편지에는 '아빠. 한 달만 더 죽었다 생각하면 끝나는 거야.' 하면서 면회 올 때 먹고 싶은 과자 이름을 편지지 한 장 가득 적었다.

드디어 면회를 가게 되었다. 아내는 "저 멀리 보이는 훈련병들이 꼭 훈련시켜 놓은 펭귄같이 보인다."고 했다. 모두가 똑같은 복장과 자세였다. 힘찬 구령 소리는 들렸지만, 얼굴은 보이지 않았다. 드디어 면회가 시작되었다. 만나자마자 딸은 먼저 엄마에게 다가와 울먹이며 눈물을 훔쳤다. 힘도 들었지만, 부모님이 멀리서 찾아주어서 너무 좋았던 모양이었다. 나도 고생한 은진이를 보고 눈시울을 붉혔다.

준비된 음식은 먹는 둥 마는 둥 하면서 은진이는 가족이 면회 오지 못 한 친구들을 위로하며 이곳저곳을 헤매고 다녔다. 얼굴은 조금 까무잡잡해졌지만, 친구들과 까불며 장난치는 모습은 전이나 지금이나 다름없었다. 다음 임관식 때는 언니까지 꼭 같이 와서 축하해달라고 당부했다.

바보 아빠

세월이 흘러가면 기다림 속에서 무언가 새로운 것이 탄생하고 또 하나의 작품이 만들어진다. 드디어 부사관으로 입대한 둘째의 기초훈련이 끝났다. 훈련복을 벗고 외출복으로 갈아입는 임관식 날, 축하하러 가는 부모님들도 그날이 기다려지는데, 본인들은 얼마나 학수고대하고 촌음이 지겨울 정도로 기다려지겠는가.

웅장한 진해 해군체육관 밝은 조명 아래 질서정연하게 줄 맞추어 대기하고 있는 한 명 한 명의 밝은 표정이 마치 활짝 핀 꽃처럼 보였다. 몇 명 되지 않는 여군은 맨 앞에 있어서 멀리서 바라봐도 얼른 딸의 얼굴을 알아볼 수 있었다.

카메라 불빛이 여기저기서 터지기 시작하고 오래간만에 듣는 힘찬 구령 소리에 건물이 떠나갈 듯했다. 집에 있을 때는 강아지도 아닌 토끼 같았을 녀석들의 목소리가 고양이의 목소리로 변해있는 것 같았다.

받은 꽃다발을 서로 바꾸어가며 기념촬영을 하고 오늘 이 시간부터는 훈련생이 아닌 하사로 명칭이 바뀌는 날이라 그들에게는 영광스러운 날이 틀림없을 것이다. 기념촬영이 끝나고 모두가 바쁘게 고향으로 돌아가기 시작했다.

우리 가족들도 마산 고속버스터미널에 와서 간소하나마 자장면으로

점심 식사를 때우고, 고향 부모님 산소에 가서 인사드렸다. '엄마, 비록 바라던 손자는 두지 못하였지만 손녀 은진이가 손자들도 하려고 하지 않는 용감한 군인이 되었어요. 아들이 못한 것까지 다 감당하며 성실히 훈련을 끝내고 하사 계급장을 달고 사랑하는 가족들의 품으로 돌아왔어요. 앞으로 몸도 마음도 더 건강하여지고, 용기백배해서 우리 가정과 나라를 위해서 열심히 일할 수 있도록 도와주세요.'

　오랫동안 머무를 시간 없이 넘어가는 태양을 쳐다보고 산소를 뒤돌아보며 아쉬운 채 저녁식사 장소로 출발했다. 도착하자마자 "가장 연배이신 고모부에게 먼저 신고해야지." 했더니 거수경례로 정식 신고를 했고, 옆에 있던 가족들은 우레와 같은 박수를 쳤다. 삼촌들에게도 신고하려고 하니 "그만 됐다. 저녁이나 먹자." 했다.

　쇠고기 국밥으로 30여 명의 가족이 저녁 식사를 끝냈다. 조카들은 저희들끼리 놀러 나가고 우리 칠 남매 가족들은 동생 식당에서 화기애 애한 분위기였다. 구두쇠 형이 오래간만에 동생들에게 기분 좋게 한잔 낼 수 있는 기회를 은진이가 만들어 줘서 너무 기분이 좋았다.

이듬해 1월 중순 경 해군 정복을 입은 은진이가 휴가로 갑자기 집에 나타났을 때, "저 애가 정말 내 딸이 맞는가?" 할 정도로 대견했다. 너무 좋아서 눈물을 억지로 참고 속으로 '그동안 고생 많이 했구나.' 생각했다. 훈련 기간 중 받았던 '아빠. 한 달만 더 죽었다고 생각하면 힘든 훈련은 끝나는 거야. 그때면 나도 멋있는 해군이 되는 거야.'라는 편지 문구가 생각났다.

은진이는 학창시절에 학교 수업 외에 과외 받은 것이 아무것도 없었다. 태권도와 수영 등 과외 하나도 배운 적이 없다. 훈련소에서 태권도 교육 받을 때는 자세가 나오지 않아서 한참 동안 나머지 수업까지 하며 고생하였고, 수영 교육 때는 물을 많이 먹어서 죽을 고생을 했다는 소식을 늦게 은진이 엄마로부터 전해 들었다. 그저 자식에게 미안한 생각이 들어 눈시울을 적셨다.

휴가 기간이 짧아 집에서는 밥 한 끼 제대로 못 챙겨주었다. 학창시절 은진이를 무척 아껴주시던 아르바이트 집 사장님이랑 친한 친구들 둘러보고, 일요일 저녁 진해로 내려갈 때 바보 아빠는 광명역에서 KTX 열차 꼬리가 보이지 않을 때까지 하염없이 쳐다만 보고 있었다.

손자의 순수한 마음

뉴스에 어린 학생들의 왕따 소식을 들을 때마다 안타까움을 많이 느낀다. 나아가 피해 학생들이 아파트 옥상에서 뛰어내리는 일까지 생기니 너무 가슴이 아프다. 나 자신도 가정에서 할아버지가 될수록 왕따가 되어가는 것 같다. 그럴수록 노력해서 왕따의 늪을 벗어나려고 노력은 하는데, 다른 가족들이 인정해주는지는 모르겠다.

배고픈 것이 참기 힘들까, 배 아픈 것이 참기 힘들까? 풍년이 들어 먹을 것이 흔해 빠져도 배고픈 사람은 있다. 그리고 사촌이 땅을 사면 배 아프단 말도 있다. 좀 힘들긴 하지만 배고픔도 배 아픔도 생각에 따라 얼마든지 참고 견딜 수 있는 일이다.

요즘은 자녀들이 스스로 해야 할 일을 부모들이 너무 도와주니까 아이들이 아무런 부족함 없이 자유롭게 잘 자란다. 당연히 친구들과의 관계는 관심 없고 부모에게만 의존하게 된다. 배고프기 전에 눈앞에 밥상이 준비되어 있고 배가 아프기 전에 약이 준비되어 있으니 아무 아쉬움이 없는 세상을 살아가고 있다.

스스로 노력해서 길을 닦지 않았기 때문에 갑자기 언덕길을 만난다든가 홍수를 만나면 갑자기 피신하기가 힘들 듯이 우리 인생여행이 그런 거 아닐까 싶다. 더불어 노력하며 자갈길도 함께 걸어볼 기회도 만들어보고 다른 사람이 맛있는 음식 내 입에는 안 맞아도 함께 먹어줄 수 있는 친구가 되어보면 어떨까 하는 생각이 든다. 스스로의 힘으로 땀방울을 흘려보고 심신을 단련시켜갈 때 생각이 바뀌고 마음이 바뀔 수 있을 것이다. 아니, 당연히 바뀌어야만 한다.

출생 이후 할아버지 집에서 살던 손자가 엄마 따라 멀리 이사를 갔다. 우리 부부는 딸보다 손자가 보고 싶어 주말마다 딸집을 찾았다. 하루는 손자 보러 길을 출발해서 저녁 시간에 맞추어 갔더니 딸이 부모님 오신다고 저녁상 준비에 분주했다. 손자는 낮잠을 자다가 할아버지 할머니 목소리에 깨어났다.

먼저 할아버지를 보고 반가워하더니 옆에 있는 할머니를 보고는 얼른 할머니 품에 안기더니 떨어지지 않는다. 할아버지는 손자에게도 인기 없어 왕따 당하고 있는 것이 아닌가 생각을 했는데, 잠시 후 다시 돌아와 "할아버지, 내일 놀이터에 같이 갈까?" 했다. "응, 그래 가까이 놀이터가 있어?" 했더니 "응." 하고 대답했다.

다음 날 아침 소풍 가는 생각으로 일찍 잠이 깨어 출발했다. 이슬이 많이 와서 놀이기구는 아직 탈 수 없었다. "할아버지 나 따라와." 하면서 6살짜리 하늘이가 앞을 인도하고 나는 뒤를 따라갔다.

얼마 후 "할아버지 쉬하러 집에 갔다 올게." 했더니, 하늘이가 "할아버지 이리 따라와." 해서 따라갔더니 놀이터 끝부분 담벼락 모퉁이에 맨홀이 있었다. "할아버지, 여기서 쉬하면 돼." 하고는 놀이터로 뛰어갔다. 좌우를 살펴본 후 볼일을 끝내고, "하늘아. 너도 이곳에서 쉬하느냐?" 했더니 "응. 나도 쉬 마려우면 이곳에서 해. 엄마가 여기에 쉬 해도 된다고 했어."라고 한다.

근처에 문화원인지 큰 건물이 보였다. "할아버지, 저기 구경하러 갈까?" 하기에 "응." 했더니 하늘이가 다시 앞장서서 "할아버지 따라와." 하고는 요리조리 여러 갈래의 길이 있었지만, 엄마와 같이 갔던 길을 기억하고 할아버지를 잘 안내했다.

엄마가 하늘이 보고 하던 대로 "이곳은 미끄러워 조심해." 하기도 하고, 오르막길은 "할아버지 힘들지? 쉬어갈까?" 했다. 문화원 앞까지 갔을 때 어떤 분이 건물 입구 문을 흔들어 보고 돌아갔다. "하늘아, 문이 잠긴 것 같은데?" 했더니 "이 문은 안 잠그는 문이야. 자동문이야. 스위치 누르면 열리는 거야." 하면서 버튼을 누르니 정말 엘리베이터 앞 문이 열렸다.

사실 이른 시간이라 문이 안 열릴 줄 알았는데 2층 한 바퀴 돌고, 또 3층까지 한 바퀴 돌고는 마지막으로 도서관 문을 흔들어 봐도 문은 열리지 않았다. 하늘이는 그만 내려가자고 했다. "4층은 왜 안 올라가?" 했더니, "엄마하고 여기까지 와봤어." 했다. "하늘아. 우리 문화원에 왜 왔지?" 물었더니, "할아버지 즐겁게 해 드리려고 왔어요." 하면서, 엄마와 같이 와 본 곳을 엄마가 하늘이에게 하던 그대로 관광 안내원같이 설명했다. 6살짜리 어린이가 이렇게 마음이 깊을 줄은 생각도 못했다.

하늘이는 집에 돌아오면서 살구 하나 따달라고 했다. "다음에 엄마와 같이 와서 따. 할아버지는 여기서 안 살기 때문에 살구 따면 혼나요." 했다. 이렇게 아침 식사 전 꼭두새벽에 손자 덕분에 아침 소풍 멋지게 했다. 평소에 엄마와 같이 재미있게 다녀온 곳을 스스럼없이 오래간만에 만난 할아버지에게 재미있게 구경시켜 주고 싶은 손자의 마음. 그 마음속에는 거짓이 없는 순수한 어린이의 진심이 담겨 있는 것 같았다.

나는 내가 먼저 손자에게 왕따 당하고 있다고 생각했던 것을 마음속으로 사과했다. 누구와 비교도 대결도 아닌 순수한 마음과 생각을 그대로 실천하던 우리 하늘이. 정말 손자 때문에 오늘 하루도 즐거웠고, 어린이의 순진한 마음 발견해서 더욱 손자가 귀여워 보였다.

우리 청소년들도 힘을 냈으면 좋겠다. 진실은 거짓보다 늦게 나타난다. 조금 느긋하게 참고 기다리며 어우러져 살다 보면 나의 바람과 소망은 얼음이 녹아 물이 되고 따뜻해지듯이, 즐거움과 행복을 맛볼 수 있을 것이다. 내가 받은 부모님 사랑, 내 이웃과 친구들과 함께 나누며 건강하게 성장해나가기 바란다.

주인 잃은 팔각정

인생의 앞길은 누구도 예단할 수 없다. 새싹만 보고 풍년을 기원하기도 이르고, 현재의 위치를 보고 미래를 예측하기도 힘든 세상이다. 오랜 세월 직장에서 일하다 마지막으로 돌아갈 곳은 가정뿐이다.

직장에서 조심해야 할 때는 조심하고, 친구같이 지내던 한 선배가 있었다. 한 곳에서 생산, 관리, 감독관까지 하다가 은퇴를 하게 되었다. 그런데 너무 오랫동안 관리자의 자리에만 있어서 그런지 직원들의 따뜻한 울타리가 되어주지 못했던 것 같다. 직원 복지향상을 위해서는 몸을 사리고 자신의 건재를 위해서 조그마한 솜털 하나도 다치지 않는 편이었다. 그러다 뜻하지 않게 경기가 어렵게 되고 구조조정으로 자리를 내놓게 되었을 때 동료 직원들 모두가 먼 산 쳐다보듯 보고만 있으니 내 마음이 아팠다.

그 선배는 회오리바람에 밀려 떠나면서, "최고의 명품만이 살아남는다."라는 명언을 남기고 스스로 명품이 못되었음을 시인했다. 함께 인생을 여행하며 보여주던 당당함과 용기, 기세는 어디로 갔는지 아쉬움만 가득했다. 그래도 나와 머리 맞대고 함께 일하던 부지런한 일꾼이었는데 마지막 떠나는 길이 비현실적인 풍경으로 남아있다.

희생정신까지는 아니더라도 아랫사람을 아끼고 사랑하는 마음이 있었더라면, 후배들에게 위로의 이야기 아끼지 않았더라면 어땠을까 하는 아쉬움이 있다. 그래도 떠나는 분의 앞길에 누군가 반딧불 정도의 빛이라도 밝혀주시는 분이 있었으면 좋겠다고 생각했다.

인간 존중은 나만의 것이 아니고, 너만의 것도 아니고 우리 모두의 것이다. 떠나는 선배가 기르는 강아지를 귀여워하신 것 참 보기 좋았다. 예방접종은 물론이고 시시때때로 맛있는 사료를 찾아 먹였다. 강아지가 밥만 잘 안 먹어도, 기침만 조금 해도 병원을 찾아가곤 했다. 허지만 그것보다 더 중요한 것이 동료인 인간을 존중하며 챙기는 것이리라. 인간 존중을 위해서 만들어진 노동법과 산재법은 변명을 하며 빠져나가고 정부의 관리소홀을 악용하여 지키지 않는 것을 볼 때 적지 않게 속앓이를 하기도 했다.

여름 장마 때 오락가락하는 일기예보는 늘 엉터리였다. 기름 값이 치솟고, 물가는 급등하는데 일감이 자꾸 줄어드니 경영자들도 미래가 불투명했고, 우리 근로자들은 구조조정의 그늘에서 방향을 잃었다.

막막한 환경 속에서 의식주 해결을 위해 눈치, 코치, 밥치까지 받아가면서도 늘 웃으면서 살아가는 우리 근로자들. 새벽밥 먹는 둥 마는 둥, 출근 시간에 쫓기어 따라가다 보면 오전 10시도 못돼 꼬르륵, 뱃속에서 무엇인가 기다리는 소리가 난다.

쓴 커피 한잔 들이부으면 조용히 점심식사 시간만 기다린다. 식사하러 가면서 옆 공장의 아줌마, 아가씨들과 마주칠 때 누군가가 한 마디 하기도 한다. "야, 저기 너 애인 가네." 총각이든 아저씨이든 모든 눈이 그쪽으로 쏠리며 순식간에 유쾌한 농담으로 기분 전환을 한다.

세상이 안 부러울 정도로 불룩한 배를 앞세우고 돌아오는 길에 비는 그쳤고, 언덕길 오른쪽에 팔각정을 쳐다보니 장미꽃이 환하게 웃으며 나를 유혹하고 있다. 장미꽃 쪽으로 다가갔더니, 기다리던 사람이 아니어서인지 고개를 등지고 쳐다보지도 않는다.

관리인이 주변에 여러 종류의 꽃과 나무를 많이 심어 아름다운 정원이 만들어졌다. 잘 가꾸어진데다 비가 그친 뒤라서 꽃과 나무들의 얼굴에는 생기가 넘쳐흘렀다. 그런데 팔각정만은 생기 없이 홀로 외로워 보였다. 스쳐가는 소나기를 감당하기 힘들었던지 바짓가랑이는 모두 젖어 있었고, 돌보는 이 없이 자라나는 꽃나무들은 잡초들과 경쟁하며 어렵게 살아가고 있었다.

주인 잃은 팔각정은 친구라도 찾아와주기 호소하지만, 젖은 바짓가랑이에 자라난 무성한 잡초 때문에 초라해 보였다. 휴식시간이었지만 찾아오는 친구도 없고, 홀로 삐쭉 서서 눈물을 꾹 참고 주인을 기다리던 팔각정.

날씨가 더워지면 기름 값도 내리고, 우리 일감도 늘어나서 새로운 친구가 많이 생길 것이야. 우리 힘들지만 조금만 참고 견디자. 알았지? 언제까지 기다릴 거야? 아니면 네가 주인이 되어라. 백구(강아지)가 나타나서 마구 밟으면 그땐 나를 불러라. 비록 먼저 주인보다는 못할지 모르지만, 열심히 함께하는 친구가 되어줄게. 팔각정(회사)을 떠나는 그날까지.

태풍

벌써 기억력이 이렇게 없어졌을 줄이야…. 연이어 태풍 볼라벤과 신비가 우리 한반도에 큰 피해를 주며 스쳐 갔지만 며칠 사이에 다 잊어버리고, 새벽밥 챙겨 먹고 나 홀로 나지막한 오봉산 둘레길을 걸었다.

마음은 좀 쓸쓸하지만 언제 태풍이 지나갔는지 느낌이 오지 않을 정도로 청명한 하늘 아래 삼라만상의 잡초들 웃음꽃을 피우며, 가는 길에 환영이라도 하는 듯 한들한들 춤을 추고 길바닥은 보슬보슬 어느 때보다 둘레길 걷는 이의 마음을 기쁘게 해주었다.

오봉산 둘레길은 바위와 큰 나무들이 많고 인적이 좀 드문 편이다. 평소에도 가지치기 가위 한 손에 들고 생수 한 병 주머니에 넣어 산을 오른다. 나뭇가지와 가시넝쿨이 길을 막으면 잘라주기도 하고 산 정상을 지나 내리막길 옆에 운동기구를 이용하여 휴식을 취하는 나의 베스트 등산코스이다.

산을 오르기 시작하자 산 중턱에 큰 나무들이 길을 막았다. 아름드리 나무들이 너무 힘없이 쓰러져 등산객의 통행을 방해하고 있었다. 그제야 "아. 며칠 전에 큰 태풍이 지나갔지." 기억이 났다.

특히 많은 고목들이 뿌리를 드러내며 쓰러져 있었다. 큰 나무가 쓰러진 자리에는 방공호 같은 웅덩이가 생기기도 했고, 또 넘어지면서 가

까이 있는 어린 잡목들을 많이
다치게 해서 보는 이의 마음이
조금 아팠다.

　계곡 중간에는 누군가 땅을
열심히 개간해서 농작물을 심
었는데 태풍으로 많은 흙이 유
실되어서 보기도 흉했다. 정성
들여 노동한 농부들의 마음을
태풍은 알고 있을까?

　또다시 정상을 향하여 올라
갔으나 인적이 거의 없어 숲속
을 걸으려면 마음이 아슬아슬
하기도 했다. 정상 왼쪽 내려

오는 길목에 고압선이 있었고, 고압 철탑 주위에는 예쁜 나무들이 많
았는데 그중 몇 그루가 칡넝쿨에 점령당하여 포위되어 있었다. 거의
숨을 못 쉴 정도로 고사 직전이었다.

　칡보다 이쁜 나무 편에 설 수밖에 없었다. 칡 밑동을 자르는 순간 칡
은 눈물을 흘렸지만 왕성한 나무를 괴롭히는 칡의 손발을 묶을 수밖에
없었다. 소나무는 기뻐하며 나를 은인으로 생각하고 있을지 모르겠지
만….

　계곡 쪽으로 내려가니 쭉쭉 뻗은 나무에 겨우살이 넝쿨이 나무를 휘
어 감았다. 지나가면서 보면 참 이쁘게 보이는데 그 속을 들여다보면
전혀 다른 상황이 펼쳐지고 있다. 쭉쭉 뻗은 나무들이 겨우살이가 무

서워 소리도 크게 지르지 못한다. 그저 눈치만 보면서 '날 살려주세요.' 애원하는 목소리가 나의 귓전을 울린다. 오늘따라 그냥 지나갈 수 없게 눈이 자꾸 그쪽으로 갔다. 이쁘고 토실토실한 겨우살이였지만 그래도 남을 괴롭혀가며 살아가는 것을 보니 마치 내가 괴롭힘을 당하고 있는 것 같았다.

어쩔 수 없이 괴롭힘을 당하는 쪽을 도와주기로 했다. 그래도 살려고 열심히 노력하는 겨우살이도 무시할 수 없어, 한꺼번에 깨끗이 정리하기에는 좀 미안했다. 오늘은 아주 심한 나무 몇 그루의 애원하는 목소리만 들어주어야 했다.

마을 가까이 내려왔을 때는 계곡물에 쓸려 내려온 쓰레기가 온통 하수관을 막아 물이 도로를 점령했다. 물이 지중에 설치된 전기박스 옆을 흐르고 있어서 하수관을 조금 손 봤더니 잘 흘러 들어갔다. 거대한 자연의 흐름에 감히 인간인 내가 도전하고 있는 것은 아닌지 모르겠다.

자연은 아름다움을 잘 유지하고 지키다가 왜 태풍 같은 것을 일으켜 스스로 파괴하고 응징할까? 우리 인간이 자연을 본받은 것일까? 아니면 자연이 우리 인간을 본받은 것일까? 가르치고 배우지 않아도 세월이 인간에게 전수했겠지.

태풍 같은 무서운 짐승들이 자연을 파괴하듯이 우리 인간들이 스스로 만든 사회 환경도 덫에 걸리는 때가 많다. 특히 근래에 IMF와 유류파동으로 남녀노소 구분할 것 없이 피부에 와 닿을 정도로 고통을 느낀다. 그나마 이런 경고가 없으면 본인도 모르는 사이 겨우살이에게 당하는 고목의 신세가 될 수 있다.

다 같이 잘 살 수 있으면 그것이 최고지만 우리 사회는 '다 같이' 같은 말은 좀 빠른 것 같다. 가시넝쿨이라든지 칡넝쿨, 겨우살이같이 나무를 괴롭히는 것들을, 사회로부터 격리는 아니더라도 스스로 눈물 흘리도록 우리가 환경을 조성해나가야 한다.

건강하고 웅장한 나무들 영원히 살아가고픈 희망이 있겠지만 태풍과 같은 강자를 만나면 어쩔 수 없이 이겨내지 못하고 무릎을 꿇는다. 쓰러지는 나무는 혼자가 아니고 이웃에게 큰 피해를 준다. 자연환경과 사회적 환경도 모두가 인간의 책임이며 이를 가꾸고 지키려는 작은 봉사와 배려는 우리의 기본 책무일지 모른다.

혼자만 잘살겠다고 욕심내면 겨우살이 같은 식물들이 가만두지 않을 것이며, 태풍 같은 위력의 장군이 못살게 군다. 조금 어설프고 부족한 부분을 발견하는 순간, 작은 손길이라도 봉사할 수 있으면 자연과 함께 어울려 잘 살 수 있는 길이 아닐까?

가지 많은 나무

가지 많은 나무에 바람 잘 날 없다는 속담이 있다. 바람 잘 날만 없는 것이 아니라, 윗가지가 제대로 자랄 겨를도 없다. 대부분의 6.25 세대들은 형제가 많고 경제적인 어려움을 오랫동안 겪어내신 분들이 많다.

가난의 굴레에서 벗어나기 위해서 형, 누나들은 부모님을 도우며 동생들을 돌보느라 자기 몸 제대로 관리 못 하고 살아왔다. 나 역시 마찬가지였고, 요즘 카톡에서 그런 류의 서러움을 토하는 글과 만날 때 공감이 가기도 한다.

하루 12시간 정도로 30여 년 동안 일하며 여기저기 옮겨 다니기도 하고, 밀려 쫓겨나기도 했다. '고달픈 인생길, 언제 평안을 찾을까.' 늘 상 생각하지만 습관적으로 일거리에 허덕거리기만 했다.

다니던 직장을 세월의 흐름 속에 2014년 12년 31일 정년으로 마무리했다. 건강관리 잘하면서 더 좋은 세상을 한번 살아봐야지 했지만, 이미 흘러간 세월, 몸과 마음이 함께 따라가야 하는데 마음만 급하고 몸은 오히려 뒷걸음질하는 것 같았다.

부족한 능력으로 새로운 도전에 오히려 피곤함을 느끼고, 경제적 불안감까지 엄습해오니 생활의 리듬이 깨어지고 오히려 팔, 다리, 어깨에 파스 붙여가며 일하던 지나온 세월이 더 그리워지기까지 했다.

남의 밭 식물은 잘 자라고 있는데 내 밭의 식물은 병들어 성장을 멈추고 있구나 하는 생각이 들었다. 일이 바쁘고 생활이 어려울 때 나중에 하면 되겠지 하며 미루어온 일들 뒤늦게 하겠다고 시작해 봐도 무엇을 어떻게 할까를 몰라 당황스러웠다.

하나둘씩 사라져가는 세상에 흘러간 옛 추억. 땀 흘리며 동료들과 희희낙락 일하던 생활이 아직까지 머리에서 멀리 떠나지 않았다. 다가오는 동생 회갑 때였다. 아내와 같이 내려가서 나는 며칠 있다 올라 올 계획으로 하행 차표 2장, 상행 차표 1장을 샀다. 형제자매들을 오래간만에 만나니 너무 반가웠다. 식당 하는 동생이 준비를 푸짐히 하고 조카들까지 대가족이 모였다. 남들이 보면 정말 부러워할 정도로 우정과 애정이 넘쳐나는 모습이었다.

자정이 가까워져 올 때까지 즐겁게 이야기 나누다 한 가정씩 집으로 떠나기 시작했다. 오늘 회갑을 맞은 동생 집에서 며칠 쉬었다 올 생각이었는데 모든 형제가 다 돌아가면서, "형님 여기서 주무시고, 내일 잘 올라가세요." 했다.

내가 너무도 무심했다. 동생들은 아직까지 바쁜데 내 생각만 했던 것 같았다. "응. 그래 운전 조심해라." 하고는 밖에서 높은 하늘을 쳐다봤지만 '엄마별'은 보이질 않았다. 엄마 돌아가시기 얼마 전에 "상아. 너 고향 내려와도 따뜻하게 잠잘 곳이 없겠구나." 하시던 말씀이 머리에 떠올라 눈에서 눈물이 멈추지 않았다.

식당을 하는 동생이 "형님. 빨리 집으로 들어갑시다." 재촉했다. "응. 그래." 다른 때와 마찬가지로 집에 들어가니 작은 조카 주현이가 자기 방을 비워주며 큰 아빠, 큰 엄마 이부자리까지 깔아 주었다.

거실에서 우리 형제지간에 부모님 이야기와 재미없이 고생만 했던 이야기를 나누다 2시가 지나서 잠자리에 들었다. 애써 잠을 청했지만 아내는 금방 잠이 들었고 나는 쉽게 잠을 이루지 못했다. 거의 뜬 눈으로 밤새우고 새벽에 문 살짝 열고 동네 주위를 한 바퀴 돌며 옛날 부모님이 살던 집 대문까지 다녀왔다.

항상 "조금 섭섭한 일이 있어도 형이 참아야 한다. 형제간에 금이 가면 먼 이웃보다도 못하다."라며 항상 형제간에 우정을 강조하시던 어머님 생각이 머리에 떠올랐다. 아침식사 후 "동생아, 나 형수하고 같이 올라 갈란다. 집에 바쁜 일이 조금 있어서…"

입석 차표를 한 장 더 구입해서 함께 열차를 탔는데 젊은 아주머니께서 아기 좌석이라며 자리를 양보해주었다. 옆 좌석의 아저씨가 캔 맥주를 나에게 건넸고 잠시 재미있는 이야기를 나누었다. 그분도 산행을 많이 하셔서 스무고개 문제 풀듯이 이야기하니 다녀온 곳이 겹치는 곳이 많았다.

서로의 대화가 무르익어 가다 보니 어제 저녁 서운했던 것을 싹 잊어버릴 수 있었다. 잠시나마 우울했던 마음을 녹여주신 애기 엄마와 옆 좌석 아저씨, 기대하지 않은 곳에서 기대 이상의 친절과 고마움을 느낄 수 있었다. "항상 내가 조금 손해 보는 듯이 살아야 한다." 하시던 부모님 말씀이 머리를 스쳤다.

세월이 흘러가는 만큼 옛것은 사라지지만 마음속에 그리움은 영원히 남아있다. 쏜살 같이 지나가는 세월에 마음으로 아쉬움도 느끼고, 젊은 시절의 몇몇 후회스러운 일들도 기억에 남아 있다. 그렇지만, 그렇게 열심히 노력하지 않았으면 우리 모두가 구렁텅이에 빠질 수밖에 없었을 것이다. 이렇게 저렇게 살아온 세상, 그래도 지금은 형제가 많아서 때때로 좋은 일이 생기고, "형님. 시간 있으세요." 하는 연락을 받을 때마다 너무 즐겁고 행복하다.

그뿐인가? 친구 혹은 이웃에게 형제지간의 회식이나 여행 등을 이야기하면 부러워하는 친구들도 있다. 친구들과는 입씨름이나 싸움을 해도 화해하기 쉽지만, 형제지간에는 사소한 입씨름도 잘못하면, 오해를 풀기까지 오랜 세월이 걸리고 심지어 영원한 적이 될 수도 있다.

세월이 흘러간 후에 생각해보니 참고 견딜 때는 힘들었지만, 어머님 말씀은 모로 들어도 좋은 말씀이었다. 황혼의 외로운 길에 동생 같은 친구를 이웃에서 하나 찾기가 그리 쉽지 않았다. 고생은 건강을 재생시키고, 가난은 형제지간의 협동심을 창조하고, 이것들을 잘 이겨낸 우리 칠 남매들 생각할 때마다 마음이 즐겁고 행복하다. 우리 형제들, 세상 끝날 때까지 지금의 마음으로 서로 아끼며 살아가기 바랄 뿐이다.

실업자

　우리는 대부분 기쁨보다는 슬픔, 즐거움보다는 외로움에 민감하다. 나의 미래보다 가족들의 미래와 자식들의 미래를 위하여 스스로 포기하고 살아온 부분이 아쉽기도 하다.

　명절이 가까워지면 잠시나마 현실을 접고 과거의 추억을 떠올리며 고향을 향한다. 팍팍한 현실에 마음을 졸이면서도 가족들과의 통화는 "예, 응, 그래, 맞아, 좋아." 하면서 무조건 긍정적으로 받아들인다. 한 달 생활비 전부를 챙겨 고향에 있는 동생 집을 향하여 즐겁게 출발한다.

　새해 첫날 새벽에 우리 형제 가족이 모두 모여 부모님이 살아계실 때와 똑같이 세배하고, 새해맞이 술 한 잔씩 하면서 덕담도 나눈다. 손자들에게는 제대로 못 주지만 조카들에게는 형편에 따라 조금씩 세뱃돈도 준다. 지출 계획을 세워는 왔지만, 막상 지갑을 열 때면 큰아버지로서 자존심이 앞선다. 그러다보니 올해 대학을 졸업하고 취업한 조카에게는 매정하게 세뱃돈을 잘라 버릴 수밖에 없었다.

　그래도 취업한 조카는 첫 월급을 타서 함께한 모든 가족에게 좋은 선물을 준비했다. 큰어머님께 세배 드리고 용돈도 넉넉하게 드리는 동생 모습을 바라보는 나는 마음이 훈훈했다. 형수 집에서 부모님 제사를 모시는데, 좁은 집에 대가족이 다 모였으니 정말 엉덩이 붙이고 앉을 자리가 없을 정도였다. 다닥다닥 붙어 앉기도 하고, 심지어 앉을 자리까지도 모자라 서서 있어야 할 정도였다.

그래도 모두들 얼굴 표정만큼은 너무 밝았다. 저녁에는 우리 칠 남매가 한자리에 모였다. 부모님이 살아계실 때부터 진행해오던 우리 형제들의 연중행사로 매년 3~4회 진행한다.

어쩔 수 없이 오늘도 식당을 하는 동생 집에서 하루를 묵어야 했다. 조금 취한 상태에서 오순도순 이야기하다 어쩌다가 30여 년 전의 이야기를 꺼내게 되었다. 동생은 그 당시 섭섭해서 스트레스 많이 받았다고 했다. 제대하고 집에서 쉬고 있을 때 어려운 환경 속에서 소비도 심하고 해서 훈계 삼아 이야기한 것을 여태까지 기억하고 있었던 것이다. 나 자신도 과거를 다 덮어놓고 현실 이야기만 한다면, 인생의 상반기에 모든 것을 다 잃어버리고 인생 하반기에 남은 것은 건강뿐이다.

동생들의 말 한마디에도 신경이 쓰였다. 머릿속에 어머님 말씀이 떠올랐다. 어머님은 내게 늘 '형제간에 안 좋은 일이 생기면 형이 먼저 참아야 한다.'고 말씀하셨다. 제대 후 몇 년 동안 실업자 생활하던 동생을 훈계하려 하면 항상 걱정하시며 나에게 하시던 말씀이었다. 나는 그간 부모 역할, 장남 역할 하느라 정신없었다. 감각이 둔해서 느끼지 못하고, 여기까지 온 것 동생들에게 미안한 마음이 들었다.

다음 날 새벽, 제법 심각했던 어제저녁 이야기는 물로 씻어버린 듯이 밝은 얼굴로 아침을 먹고 동생이 하는 주말농장으로 갔다. 남자들은 전지 작업을 하고, 제수씨와 여동생은 들판의 냉이와 하우스 속 나물을 캐기도 하며 즐겁게 수다 떨며 하루를 보냈다. 저녁 늦게 상경하며 집에 전화했더니 "실컷 놀다 온다면서 공휴일도 덜 끝났는데 벌써 오느냐?"고 했다. "당신 보고 싶어서 서둘렀다." 했더니 싱겁게 웃었다.

직장 다닐 때 시간 없다고 미루어 놓은 일, 시간 많을 때 하려고 생각하면 머리에 떠오르는 것이 없어져 버린다. 이것저것 만지작거리다 보면 어느새 오전이 후딱 가버린다. 점심은 먹는 둥 마는 둥 하고, 커피 물 끓여놓고도 커피 잔에는 생수를 부어서 커피믹스를 버리는 해프닝도 종종 생긴다. 오후 5시 정도 되면, 멍청이 할아버지는 똑똑이 하람이(손자)를 찾으러 어린이집으로 간다.

조금 일찍 가도 안 되고, 2층까지 올라가도 안 된다. 그래서 항상 시간을 맞추어 1층 신발장 앞에서 기다려야 한다. 하람이는 언제나 기분 좋은 모습으로 계단을 하나하나 밟으며 내려온다.

나올 때 신발 신는 것부터 출입문 여는 것까지 무엇이든 스스로 하려는 의욕이 있는 아이다. 신호등 앞에서는 멈춰, 출발을 명령하고, 자동차정비소 앞을 지날 때는 "자동차가 많이 아픈가 봐, 오늘은 자동차가 일찍 집에 갔나 봐" 하면서 주위 환경을 선생님같이 설명해준다.

인터폰을 누르고 "할머니 집에 있나 봐!" 하고는 좋아하더니 집에 들어서자마자 선 채로 이쪽저쪽 발을 흔들어 신발을 벗어버린다. "할머니, 하람이 왔어요~" 하고는 먹을 것부터 찾기 시작한다. "할머니, 초코렛 몇 알 줄 거야?" 할머니가 오른손 내밀며 "5알." 하면, 하람이는 "아니야." 두 손을 들고 "6알." 한다. 둘이 정겹게 대화하는 모습은 참 보기 좋다.

하람이가 "할머니, 더 먹을 것 없어?" 하고 찾아다니면 "우유과자 먹어." 하고 우유과자를 타주면 오며 가며 먹어도 반도 못 먹고 남긴다.

"하람아, 빨리 먹어." 하면 "먹기 싫어. 할아버지 먹어." 하기도 한다.

자기가 좋아하는 어린이용 피아노 틀어놓고, 춤추는 것을 건드리면, 금방 울기도 하지만 곧 그친다. 저녁 시간이 가까워지면 "할머니, 엄마 오는 날이야? 안 오는 날이야?"하고 물을 때 "조금 있으면 올 거야." 하면 좋아서 그 자리에서 방방 뛰기도 하고, "오늘 바빠서 못 와."하면 시무룩하다가도 금방 잊어버린다.

저녁 식사 끝나고 그림책을 끄집어내더니 그 속에 낙서를 지우고 있어 보기에 힘들어 보였다. 도와주려고 했더니, 눈물을 흘리면서 "내가 할 거야." 하며 "할아버지, 밖에 가." 했다. 할머니가 하람이를 달래니 "할머니도 도와주면 밖에 보낼 거야." 하면서 도와주는 것을 싫어했다.

하람이는 또래에 비해 자기주장이 또렷한 편이다. "그럼, 하람이 잘 있어. 할아버지가 내일 또 데리러 갈게." 하면 "할아버지 오지 마. 내일 은 할머니가 와." 한다. 다른 사람이 자기 물건 만지는 것과 도와주는 것을 무척 싫어했다. 6살 때 이야기다.

초보 경비원

　서울 주변의 나지막한 산에만 올라가도 수많은 고층아파트들이 한 눈에 들어온다. 그렇게 많은 아파트가 있음에도 내 집 없어 헤매는 이가 많다는 사실 너무 아쉽다. 그러나 내 아파트 없어도 잘 살아갈 수 있지만, 더 중요한 것은 당장 먹고사는 일이다. 수만 가지의 직업이 있어도 당장 내가 할 수 있는 일이 무엇인가를 생각할 때, 막연하면서도 접근하기가 무척 힘들다.

　콩에 순두부를 만들고 남은 비지로 맛있는 비지장을 만들기 위해서 귀농교육도 받아보고 컴퓨터, 전기 등등 여러 종류의 기능을 배워보려고 노력해보았지만 결국 직업으로 이어지지는 않았다.

　결국은 특별한 기능 없이도 가능한 경비원 생활을 시작하게 되었다. 하필 처음 경비 일을 시작하는 날, 날씨가 영하 10℃ 이하로 내려가서 정말 추웠다. 그러나 지하주차장 바닥 청소를 할 때는 점퍼를 벗고 청소해도 땀이 날 정도였다. 500고지 이상의 산을 오르는 기분으로 며칠 동안 열심히 닦았더니 입주업체 사장께서 주차장은 그렇게 깨끗이 닦지 않아도 된다고 알려준다. 이어 "추운데 몸을 녹여가며 하라."고 일러주면서 따뜻한 커피를 타주기도 했다.

　야간순찰 중 아주 덩치가 큰 분이 지하 3층 주차장 자동차 옆에 자리 깔고 코를 골며 자고 있었다. 혹시나 동사하지는 않았을까 걱정되어 흔들어 깨웠더니 눈을 흘기며 다시 누우려고 했다. 나는 무서워서 접근은 못 하고, 멀리서 몇 마디 경고 말을 던지고는 얼른 다른 곳으로 갔다. 혹시라도 시비에 휘말리고 시끄럽게 되면 나만 난처해질 뿐이다.

한 시간 후쯤 다시 갔더니 일어나 담배를 태우고 있었다. 담배만큼은 허용할 수 없어 빨리 나가달라고 강하게 요청했다. 그러고는 다른 곳으로 갔다가 다시 한 시간 정도 후에 갔더니 흔적 없이 사라졌다.

어제 저녁에 갑자기 내린 눈으로 주차장 바닥에 물이 많이 있었다. 차들에 묻어 들어오는 눈 때문에 들어오는 차들을 관리하기 시작했다. 처음 화물차의 눈을 플라스틱 도로비로 쓸어내리고서 통과시켰다. 다음 순서는 눈을 잔뜩 실은 승용차였다.

차를 정지시키고 앞 범퍼부터 눈을 쓸기 시작하는데 갑자기 운전석에서 큰소리로 고함을 질렀다. 깜짝 놀라 멍하니 쳐다보고 있었더니 "기스 나면 어떻게 할 것이냐."며 "빗자루가 플라스틱인데 기스 나겠어요." 했더니 더 큰소리로 야단쳤다.

나는 그제야 고급자동차 예민한 도색이 생각나서 "죄송합니다. 실수했습니다." 하고 고개를 숙였더니 뒷좌석에 부모님이 타고 계셨던지 "야, 이만하면 됐다. 빨리 가자." 하는 소리가 들렸다.

차 꼬리를 보고 "죄송합니다."를 연발하며 잠시 후 주차장으로 따라 내려가서 확인했더니 다행히 기스는 없었다. 오후 무렵 그 차가 주차장을 나가는 것을 보고 "아침에 실수했습니다." 했더니 "예." 하고는 그냥 가버렸다. 경험 없이 저지른 실수로 잠시 동안 마음고생 많이 했다. 마음속으로 '야. 오늘 운수대통이다.' 했다.

우리 주차장은 무료 주차장이어서 상가에서 주차권만 받아오면 무사통과하는 곳이다. 내용을 잘 아시는 이웃 분들이 몰래 주차를 많이 한다. 주차권 없이 자주 드나드시는 분이 내가 근무하는 중 발각되었다. 죄송하다는 운전자에게 "다음부터는 잘 챙겨오세요." 하고 안내하는데 뒷좌석에서 바나나 2개를 건네면서 말하는 소리가 들렸다. "야, 이거 주고 빨리 가자."

운전석에서 바나나를 내밀며 "이거 맛있게 드세요." 하고는 그냥 급하게 출차해버렸다. 그 자리에서 바나나를 내동댕이치고 싶었지만, 그래도 먹는 음식인데 하면서 참았다가 저녁 늦게 한 개 까먹었다.

지난번 외제 승용차 눈 쓸다 실수로 혼날 때 뒷좌석 부모님이 "야, 마됐다. 가자." 하는 경우와, 주차권 없이 출차하다 발각되자 바나나 2개 건네주며 "야, 빨리 가자." 하는 경우가 비교되지 않을 수 없다. 이것이 바로 세상살이 현실이었다. 그렇지만 용서받을 줄도 알고, 용서할 줄도 알아야 좋은 세상이다. 요즘 세상은 용서가 없어서 너무 딱딱해진 것 같다. 나라도 너그러워지려고 노력해야겠다는 생각을 잠깐 할 수 있는 계기가 되었던 에피소드다.

여름 휴가철 어느 일요일 정오가 가까워질 무렵 소형 빨간색 승용차에 베트남 엄마와 자녀들이 주차장으로 들어오며 키즈카페를 찾아 자세히 안내해주었다. 어린 형제가 창문으로 "할아버지. 고마워요." 하며 손을 흔들어 주었다. 어찌나 고맙던지 나도 차가 안 보일 때까지 손을 흔들어 주었는데 출차하면서도 "할아버지, 다음에 또 오겠습니다." 하며 인사를 두 번 세 번 거듭했다.

한 달 정도 지나서 베트남 애기 엄마를 출구에서 만났다. 얼굴을 알아보고 한국말, 한국 인사법까지 얼마나 친절하게 잘하던지 기특했다. 친정 부모를 만난 듯이 기뻐하고 즐거워하며 어린 형제까지도 '할아버지~' 하며 공손하게 인사까지 하고 '다음에 또 올게요' 마무리 인사까지 그렇게 친절하고 다정한 가족을 보는 순간, 내 마음도 행복해지는 것 같았다. 모든 손자와 딸들이 부모에게 저것 반만이라도 행동하면 부모 입장에서 더 기뻐할 수 있을 텐데, 생각하며 오랫동안 곱씹었다.

어느 날 주차장 청소를 마치고 근무지로 올라오는데 흡연 장소 쪽에 상가 병원의 환자분이 검정 봉지에 무언가를 가져와서 놓는 것이 보였다. 한참 동안 멀리서 바라보다 쓰레기일 것으로 생각하고, "아저씨. 이거 뭐예요." 하며 들여다봤더니, 예쁜 동백나무 묘목이었다. 속으로 미안하기도 하고, 마음의 양심이 후끈거렸다. 호미로 땅은 이미 반쯤 파여 있었다. 환자분과 함께 구덩이를 파고, 정성 들여 물을 듬뿍 주었다. 꼭꼭 밟아주며 마음속으로 이쁘게 자라달라고 부탁했다.

오후 3시가 지나서 휠체어를 탄 할머니가 힘겹게 출입문을 밖으로 밀고 있어서, 얼른 뛰어가서 당겨주었다. 할머니께서 "여기 동백나무 심어놓은 것 어디 있느냐?"며 물으셨다. 동백나무 가까이는 못 가시고, 먼발치에서 바라보시고 흡족해 하셨다. 그 모습을 바라보니 나도 덩달아 흐뭇했다. 비록 순두부가 아닌 비지덩어리로서라도 아직까지 힘이 남아있으니 체력이 더 소진되기 전에 무슨 일이든지 열심히 해야 되겠다는 생각을 거듭하게 되었다.

천사 같은 마음으로 자신도 입원 환자의 신분이지만 이웃을 사랑하며 자연을 사랑하는 마음으로 좋은 일하는 것도 모르고, 잠시나마 의심해서 미안했다. 내 마음만 정직하면 과한 의심 따위는 마음에 두지 않을 것이다. 서로 도와가며 실버들이 부족한 부분을 해결하는 모습 보고, 이것이 바로 내가 해야 할 일이구나 생각했다. 비록 부족하지만 나도 나름 열심히 하고 있다. 이쁜 마음으로 지켜봐 주기 바란다.

보다 안전한 사회

　산은 거목과 잡초, 수풀 등으로 이루어져 있다. '잘났느니 못났느니.' 하며 싸우지 않고 서로 어울려 떡잎부터 낙엽까지 하나도 버릴 것이 없다. 거목은 재목으로 쓰이고, 잡목은 수풀을 만들어 산사태를 막아 주고, 수풀은 다시 섞여 퇴비로 만들어져 끝까지 자기희생을 하고, 자연으로 돌아간다.

　은퇴 후 경비원을 지망해서 두 번 낙방하고, 세 번째 겨우 면접 통과하고 근무할 기회를 가졌다. 첫 출근하는 신입 경비원의 마음은 무겁기도 하면서 기대되기도 했다. 경비반장과 소장의 당부에 열심히 일할 것을 다짐했다.

　실습 경험이 전혀 없는 나였다. 어느 날 새벽 2시경에 깜박 졸고 있을 때 촌놈 겁주듯이 화재경보기가 울렸다. 이리저리 뛰어다니며 헤매고 있을 때 관리소장이 눈앞에 나타났다. 놀란 가슴을 쓸어내렸다. 정말 외나무다리에서 도사님을 만난 기분이었다.

　다행히 화재는 아니었고, 병원 입원실 실내 온도가 높아 오작동한 것이었다. 경보기 오작동이 자주 일어나서 병원 환자분들이나 입주민들은 깜짝 놀랐겠지만, 신입 경비원은 경험을 익혀가는 데 도움이 되었다. 실제로 화재가 난다 할지라도 매뉴얼 연습으로 신속하게 대응할 수 있는 능력이 생긴 것 같았다.

오후 4시경이었다. 밖에서 작업하다가 목이 말라 물 한 모금 먹으러 관리실에 들어가는데, 갑자기 슈퍼직원들이 "정전이야." 하면서 밖으로 나왔다. 깜짝 놀라 무조건 소장에게 전화했더니 벌써 한국전력과 119에 신고를 하고 있었다.

소장은 전기 쪽 일을, 나는 엘리베이터에 갇힌 사람을 구하는 일을 맡았다. 평소에 수동으로 문 여는 법을 배우기는 했어도 직접 열어본 적이 없어 급하게 열려니 당황스러웠다. 양쪽 엘리베이터에 사람이 갇혀 있었다. 한쪽 엘리베이터에는 휠체어를 탄 어르신이 계셔서 침착하고 조용히 구조할 수 있었는데, 다른 쪽 엘리베이터에는 밖에서 문이 열리지 않았다. 119 대원들이 와서 열어도 열리지 않았다. 승객은 2층에 갇혀 있었는데 3층 문을 열고 119 대원님들이 2층으로 내려가서 안에서 문을 열었다. 20~30분 동안 엘리베이터 안에 갇혀 있던 사람의 마음은 아마 천당과 지옥을 여러 번 왕래했을 것이다.

전기 사정이 좋아지면서 여러 해 동안 정전사고 없이 평온한 상태로 유지되어오다 보니 정전은 예상하지 못하던 일이었다. 아주 더운 유월 말에 전기 과부하가 걸렸던지 갑자기 변압기가 고장 난 것이었다. 전기 안전관리 담당자는 먼 곳에서 외근 중이었다. 전기 담당자가 올 때까지 소장과 나는 발전기 시동을 위해서 분주히 움직이고 있었다. 평소엔 아무 문제없이 문을 열고 청소도 잘했는데 오늘따라 문을 열려고 열쇠를 찾으니 그것조차 제자리에 없어서 한참 동안 헤매다 결국은 다른 열쇠를 사용해서 겨우 문을 열 수 있었다. 소장이 이것저것 만져가며 작동을 시도했으나, 발전기는 달달 소리만 내고 돌아가지를 않았다. 전기 검사를 받은 지 얼마 안 되었는데도 그 모양이었다.

실제 발전기 고장인지 담당자의 실수인지 몰라 어렵게 고비를 넘기고 있을 때, 전기 담당자가 멀리서 곧 출발할 것이라고 연락이 왔다. 소장과 나는 현장에서 뛰어다니느라 방송하는 것도 잊어버렸는데, 정전이어서 다행이었지 만약 화재 같았으면 어땠을까 생각만 해도 아찔한 순간이었다.

평소 안전교육과 실습은 아무리 강조해도 부족한 것 같다. 2시간이 지나서야 전기 담당자가 도착했고 부품 구입해서 저녁 9시경에야 교체 후 고장수리를 완료할 수 있었다. 발전기까지 준비되어 있었는데도 오랫동안 사용하지 않아 정전에 원활히 대응하지 못했던 것 같다. 정기검사도 제대로 받았는지 의심스럽고, 담당자도 오랫동안 실습하지 않아 헛갈리는 것 같은 생각이 들었다.

회사에 갖출 건 다 갖추어져 있으면서도 평소에 수시로 연습을 하지 않은 채 급한 일이 생기니 어쩔 줄 몰라 했다. 이번 일을 계기로 사건 하나하나 터질 때마다 소 잃고 외양간 고치듯이 하는 것은 우리 사회에 너무 많은 비용을 요구한다는 것을 실감하게 되었다. 우리 모두가 양심껏 안전 교육과 사고 방지 대책에 동참하여 왔는지를 깊이 생각해 봐야 될 것 같다. 지금도 형식적인 교육과 허술한 장부 작성들이 있다면 서둘러 고쳐나가야만 한다.

짧은 시간이라도 제대로 받은 교육과 실습이 확실하게 가정과 나라를 지킨다. 큰 사건이 터질 때마다 변명만 앞세우는 책임자들이 더 이상 나타나서는 안 된다. 안전 교육과 안전 수칙 실행 여부보다, 법을 새로 만들어 벌금만 올려서는 결코 해결될 수 없는 숙제로 남을 것이다.

수십 년 동안 연구하며 갈고 닦은 현장전문가나 말단 실무자들에게만 책임을 전가하는 행태가 아직 남아있는 것 같아서 아쉬운 생각이 든다.

안전교육 잘 받고 이론대로 실행하면, 대형화재, 대형사고 많이 줄일 수 있을 것이다. 나도 30여 년 동안 중공업에서 기능공으로 일하며 여러 차례 조그마한 산재를 당해 봤지만, 나의 실수가 대부분이었다. 모든 사고의 원인은 기계나 설비보다 사람이 제공하는 경우가 많다.

아무리 조심해도 아직도 사고로 인하여 다치거나 순직하는 근로자가 많다. 고목과 수풀이 힘을 합쳐 푸른 산을 만들고 낙엽이 다시 섞여 퇴비가 되듯이, 우리도 함께 힘을 합쳐 안전수칙 잘 지켜, 보다 안전한 사회를 만들었으면 하는 바람이다.

천 원짜리 김밥

우리는 자연 속에서 무언가 많은 것을 얻고 있다. 공기나 바람 등은 노력하지 않아도 누구에게나 공평하게 그냥 주어진다. 자연의 고마움을 느끼면 그 소중함을 더욱 느낄 수 있을 것이다. 세상에는 공짜가 없다. 주는 것을 고맙게 생각하고 받으면 공짜로 받는 것은 아닐 것이다. 그렇다고 자연이 우리에게 마냥 좋은 것만 주는 것도 아니다. 태풍, 지진, 화산폭발 같은 것도 있다.

좋은 것은 더 좋게 만들어 나누어 가지는 것이 인간이다. 사람과 자연을 비교할 수는 없지만 혼신의 노력으로 몸과 마음과 정성을 다하여 자신의 부와 영광을 뒤로한 채 열심히 봉사하는 분들이 주위에 많다. 이런 분들이 계신다는 것을 처음에는 잘 느끼지 못했다. 가까이서 보고 그분들의 친절과 사랑과 배려하는 모습이 내 마음에 가까이 오고 있는 것을 조금씩 느낄 수 있었다. 둔하다 보니 눈으로 보고, 마음으로 느끼는 시간이 상당히 오래 걸렸다.

경비원 교대 근무를 하려면 낮에는 식사제공을 받지만, 저녁에는 야식 제공이 없다. 저녁 간식이라 해봐야 계란 한두 개 정도, 그렇지 않으면 굶을 때가 더 많다. 목욕탕 직원들이 출근할 때마다 김밥을 들고 오는 것을 보고 먹고 싶은 생각이 들었다. 저녁 늦게 김밥집에 갔더니

"몇 줄 드릴까요?" 하기에 "한 줄만 주세요." 했다. 2017년 당시 1,000원짜리 김밥이었다.

그 당시만 해도 주위에서는 1,000원짜리 김밥을 구경할 수 없었다. 새벽부터 저녁 늦게까지 주인께서 직접 만든 김밥을 처음에 몇 번 먹으니 밥이 진 것 같기도 하고, 입맛에 맞지 않아서 먹다 말다를 반복했다. 그러나 가을 날씨가 쌀쌀할 때 즉석에서 따뜻한 밥으로 말아주니 따뜻한 기운에 여러 차례 먹게 되었다.

그 김밥이 나의 마음을 사로잡았고, 나의 입도 그 맛에 길들어 가고 있었다. 처음에는 단무지가 적으니 싱거우니 하면서 투덜대기도 했지만, 김밥 속에 밥은 물론이고 단무지, 어묵, 시금치, 계란, 햄까지 5종류 정도의 반찬을 한 끼에 골고루 먹을 수 있다고 생각하니 마음이 달라졌다.

배가 꼬르륵거리기 시작하는 저녁 10시경 김밥 사러 가면 주인이 "몇 줄 드릴까요." 묻는다. "한 줄만 주세요." 하면 늦은 시간에 미안한 생각이 들었다. "감사합니다." 인사만큼은 착실히 하고 돌아와서 라디오를 들으며 꼬리부터 하나하나 먹기 시작한다. 처음에는 목이 마른 것 같지만 김밥 속에 들어있는 5종의 반찬을 생각하고 나의 건강을 생각해서 아삭아삭 씹어 먹으면 다 먹을 때쯤 오히려 입에서 침이 남아돌 정도다.

돈도 아끼고 김밥집 주인에게 감사한 마음도 느끼면서, 이것이 나의 건강을 지켜주는 생명줄이구나 하면서 늘 맛있게 먹는다. 처음에는 김밥 먹을 때 옆에 손님이 오면 덮었다 열었다 했지만, 지금은 옆에 사람이 있으면 "김밥 드세요." 하며 그냥 먹는다.

지난 수십 년 동안 야유회 때라
든지 여름휴가 때 가족과 함께 외
출 시 집에서 가족이 만든 김밥,
여러 차례 많이 먹었다. 그 속에
가족의 정성이 듬뿍 들어있었지
만 "고맙게 맛있게 잘 먹었습니
다." 소리 한번 안 하고 감사할 줄
도 몰랐고, 그 마음을 아예 느끼
지 못했었다. 그냥 먹으면 되는
줄 알고 맛있게 먹기만 했다.

　1,000원짜리 김밥을 오랫동안
먹다 보니 정성을 다해 만들어서
주위 분들에게 싼값에 먹을 수 있도록 제공해준 주인에게 감사한 마음
이 생겼다. 산행 중에 친구들에게 "요즘 1,000원짜리 김밥에 맛 들여
거의 매일 맛있게 먹고 있다,"고 했더니 어떤 친구가 "야. 요즘 1,000원
짜리가 어디 있어. 그리고 맛이 있어 봐야 천 원짜리지." 하면서 콧방
귀를 뀌었다.

　개인의 생각에 따라 다르지만, 확실히 나의 건강에는 빵이나 음료수
보다 김밥이 더 좋다는 생각이다. 그 천 원짜리 김밥은 내가 근무하는
동안 맛있게 잘 챙겨 먹던 건강식이었는데 계약 기간 3년은 금방 지나
갔다.

　기간 만료로 경비 일을 그만두게 되었을 때 마지막까지 아쉽게 생각
나는 분이 김밥집 주인이었다. "그동안 김밥 맛있게 먹었어요. 사장님,

개인적으로 너무 고마웠어요." 경비원 생활 마무리하면서 김밥집 주인을 찾아가서 감사 인사까지 할 정도였다.

군포시 금정동에 있는 '김밥고을'은 듣기로 20여 년 동안 천 원짜리 김밥을 고집하며 만들어 왔으며 봉사정신이 투철한 우리 이웃이었다. 그 당시에도 작은 아드님이 새벽에 나와 부모님을 도와 드리는 것을 자주 볼 수 있었다. 김밥 한 줄 사러 오시는 분들의 마음을 헤아려 외출 중이시면 외출 시간까지 알려 주고, 일 년 365일 하루도 쉬지 않고 가족들이 돌아가며 근무하고 있었다.

2021년 경비원 그만둔 지 2년이 지나서 봄날 아침 산책길에 갑자기 김밥집이 생각나서 찾아갔더니, 여전히 천 원짜리 김밥을 어머님과 아드님이 열심히 만들고 있었다. 인사를 하고 어찌나 반갑던지 "지나가다 생각나서 들렀습니다." 했더니 아드님도 "아저씨 건강이 많이 좋아 보이시네요." 했다. 김밥을 몇 줄 싸서 집으로 돌아오다 파지 줍는 이웃 할머니를 만나 "김밥 한 줄 드세요." 하며 드리고, 집에 돌아와서 손자들과 함께 아침부터 김밥 파티를 했다.

빌라 밀집지역과 가내공업이 밀집해 있는 지역에서 아침 식사 제대로 못 하고 출근하는 사람들을 위하여 이른 새벽부터 김밥집 주인 내외분이 일한다. 친절과 사랑하는 마음으로 베풀어준 고마움을 마음속으로라도 고마워할 때 우리 모두가 같이 행복한 마음이 될 것이다.

누군가의 배고픔을 해결해주는 것보다 더 좋은 행복이 어디에 있겠는가. 배고플 때 언제든지 와서 해결할 수 있는 김밥 한 줄. 믿음 가는 나의 건강식이었다. 자연은 우리에게 필요한 것을 무한정 베풀어주지만, 직접 배고픔을 해결해 주는 것은 우리 이웃들이다. 그들의 친절과 배려를 느낄 때 우리는 더 큰 행복을 느낀다.

　나는 부지런히 노력해서 몸을 건강하게 유지해야 한다는 생각으로 식사만큼은 한 끼도 빠뜨리지 않고 잘 챙겨 먹고 있다. 배가 꼬르륵꼬르륵 무언가 기다리고 있을 때, 바라는 이의 마음을 충족시켜주는 작은 사랑, 김밥 한 줄이 내 마음을 즐겁게 해준다.

　김밥은 내 건강을 지켜주는 믿음 가는 친구가 되어 요즘 어디가도 나에게 사랑받고 있는 최고의 음식이다. 정식으로도 간식으로도 충분하고 요즘 나 홀로 먹기에도 안성맞춤이다. 김밥 한 줄에서 느끼는 행복을 통해 삶을 되돌아본다.

고향 나들이

소나무는 늙으면 건축용 자재로 인기가 있고 참나무는 죽어 표고버섯의 아지트가 되고 사리나무 잡목은 땔감으로 인기가 있었는데, 사람이 늙어지면 어디에 쓰일지 모르겠다.

'세월아 빨리 가거라.' 나도 얼른 커서 무엇이 되겠다고 꿈꾸던 시절은 높은 하늘의 구름처럼 지나가 버렸고, 이 몸은 강물처럼 흐르다 보니 돌, 바위에 부딪혔다. 넓고 평화스러운 바다에 도착하니 환경이 너무 달라져 생명력이 완전히 사라져버렸다. 자유롭게 떠다니던 구름 한 점 제대로 붙잡지 못하고 흘러가는 강물 한 그릇 제대로 담아둘 그릇조차 없었으니, 모두가 허송세월이었던 것 같다.

세월에 쫓기고 쫓기어 검정 머리가 벌써 파뿌리 되어가니 앞으로는 어디로 가야할고. 밤에는 자꾸 귀신 꿈을 꾸고, 얼굴 없는 친구 귀신들이 나를 자꾸 왕따 시킨다. 얼마 전, 오래간만에 부모님 산소도 둘러볼 겸 동생들과 식사 약속을 했다. 새벽 차 시간 놓칠까 봐, 깊은 잠을 자지 못하고 쪽잠이 들었을 때 머릿속에서 천국이 떠올랐다. 내가 익어가는 과정을 마음속에서 직접 보여주는 것 같았다.

욕심 없이 가볍고 즐거운 마음으로 행함이 오늘 나의 천국이요, 실행할 수 있는 용기에 따라 움직이는 나의 건강이 바로 천당일 것이다. 이번 동생들과의 만남도 짧은 시간이지만 즐거운 마음으로 계획해서 건강하게 잘 다녀올 수 있다면 큰 즐거움 없어도 행복이라 할 수 있을 것이다.

등산 가방에 소주 한 병, 과자 한 봉지, 생수 한 병을 준비해서 중앙선 첫 열차를 탔다. 고향역 주변 노점상에서 삶은 고구마 한 무더기와 옥수수 한 묶음을 사 등산 가방에 집어넣고, 부모님 산소를 향했다. 옛날 개나리꽃 필 무렵이면 바구니 들고 나물 캐는 개나리 처녀들을 볼 수 있었지만, 이제 아가씨들은 안 보이고 멀리서 비료포대 들고 냉이 캐는 할머니만 몇 분 볼 수 있었다.

고향산천은 많이 아름다워졌고, 도로도 넓어졌고, 중간 중간 공장들도 보였다. 시냇가 바닥은 높아졌고, 나무와 잡초가 무성하고, 강바닥은 거의 말라 있었다. 겨울 끝자락이어서인지 새소리와 물소리는 들을 수 없었고, 살살 불어오는 봄바람 속에 황사와 미세먼지가 먼저 찾아와 손님맞이 하고 있었다.

부모님 앞에서 눈물을 보인 적이 거의 없는데 이번엔 인사드리고 나니 눈에서 갑자기 눈물이 쏟아졌다. "어머님, 죄송해요. 자주 찾아뵙지 못해서…. 그래도 어머님께서 이뻐해주시겠지요." 흐느끼며, 산소 앞을 내려다보니 아름드리나무들이 세월의 흐름을 한눈에 보여주고 있었다. 산에서 내려오는 골짜기에는 옛날에 농사짓던 밭들이 잡목과 가시넝쿨로 꽉 차 있었고, 초등학교 시절 10여 가구가 넘던 작은 마을이 지금은 겨우 4가구만 남아있었다.

나의 과거를 잘 알고 계시던 어머님 친구를 찾아갔더니 3년 전에 돌아가셨고, 아랫집에 살고 계시는 80대 후반의 할머니께서는 확실하게 누구인지도 알지 못하면서도 너무 반가워하셨다. 잡은 손을 놓지 않으시면서 "좀 쉬었다 가라. 여기 앉아라." 하시더니 갑자기 하소연을 하셨다.

"여기서 사람이 그리워 죽겠어. 하루에 한 사람을 볼까 말까하고 정강이가 아파서 마음대로 걸을 수도 없어. 아들은 대구에 있는데 안 데려가서 걱정이야." 하시면서 "정신이 오락가락해서 밥을 해 먹으려면 불낼까 걱정이야." 병원가도 병원비도 얼마 안 내신다고 하셨다. 그러시면서, "양로원에 가려면 돈이 많이 들지?" 하셨다. "지금 나오는 복지비에서 조금만 더 보태면 될 것입니다." 했더니 "얼마나 나오는데?" 하시길래 "통장을 보시면 알 수 있어요." 했더니 "통장은 우리 아들이 갖고 있어 몰라." 하셨다.

이렇게 외로우신 할머니와 대화하다 떠나려니 할머니께서 무척 아쉬워하는 것 같았다. 형님 친구 댁을 찾아갔더니 가족 없이 혼자 계셨다. "요즘 건강이 안 좋아." 하면서도 친구인 형님의 가족 안부를 먼저 물으셨다. 입구 집은 우리 부모님께서 살던 집인데 누군가 막 이사 와서 집수리를 하고 있었다. 아니나 다를까 80이 가까운 노모를 공기 좋은 곳에 모시기 위해서 이사 온다고 했다.

내가 보기에 자연의 즐거움을 만끽할 수 있는 연세는 이미 지나지 않았을까 생각되었다. 시골에서 오랫동안 살던 할머니께서도 가족의 그리움과 외로움에 시달려 걱정을 태산같이 하고 계시는데, 도시에서 살다가 공기 좋은 곳으로 이사 오신 할머니라니, 시골 살던 할머니보다 더 걱정되었다. 아들이 같이 살면 할머니도 행복하시고, 아드님도 건강관리에 참 좋으실 것 같았는데….

시골 생활이 노년 건강관리에 좋다고는 하지만, 이웃이 없어 모두가 외로움을 겪으시는 것 같고, 어르신들은 가족과 함께 살기를 원하시지만 요즘 젊은 세대 가족들은 어르신들의 마음을 너무 몰라준다. 고생고생해서 모은 재산만 탐내고 있는 것 같았다. 자연환경은 도시를 능가하지만, 고향을 떠나신 분들이 다시 고향을 찾아서 정붙여 생활하기에는 어려움이 많을 것 같았다.

나는 늘 마음속으로만 고향을 그리워했다. 언젠가 돌아와서 친구들과 오순도순 옛정을 나누며 살고 싶었지만 이미 때가 너무 늦은 것 같았다. 오늘도 너무 짧은 시간이라 초등학교 친구 한 명도 못 만나고 돌아가 아쉬웠지만 마음만큼은 즐거웠다.

내가 태어난 고향은 과거의 역사가 남아 있는 공간이다. 다음에는 시간을 만들어 고향 친구들 만나 이야기보따리 한번 풀어 놓고 싶다. 이번 방문은 부족한 시간이었지만 마음만큼은 지상천국을 두루 살펴보고 돌아가는 것 같았다.

고향도 좋고 초등학교 친구들도 그리워하였지만, 더 다정하게 마음을 편안하게 함께 할 수 있는 것이 가족이다. 어머님 산소 들러서 동생들이 모여 사는 대구에 도착하니 그래도 형님 오신다고 동생들이 반갑게 맞이해주었다. 못난 형님이지만 동생들과 모두 모여 소주 한잔하면서 그간의 회포를 풀었다.

오래간만에 동생들과 술 한 잔 얼큰히 하고 다음 날 동생들 집을 간단하게 돌아보았다. 자장면도 같이 먹고, 조카들 취직, 공부 열심히 잘하고 있다는 자랑도 많이 들었다. 이번 짧은 여행이었지만 마음의 거품을 많이 뺄 수 있었던 것 같았다. 그리고 가족 앞에 고향 가서 살고 싶다는 소리 안 하기로 마음먹었다. 다시 마음이 변할지는 두고 봐야 알겠지만, 아무튼 고향산천과 동생들을 편안한 마음으로 잘 둘러보았다.

시간이 있다 없다, 돈이 있다 없다, 이것저것 다 묻어버리고, 던져버리고, 가볍게 살날이 곧 오리라 믿고 있다. 그렇게 되면 그때가 더 쓸쓸하고 외로울지 모른다. 오히려 바쁠 때가 잡생각할 시간이 없어 좋고, 여유자금이 부족할 때 허튼 생각 못 하니, 오히려 행복한 마음일 수 있다.

우리가 잘 익어서 창고에 보관되는 그날까지 인생길은 연속된다. 항상 예쁜 마음, 즐거운 생각으로 살아 숨 쉬며 움직일 수 있을 때, 서로서로 위로하며 살아가는 것이 행복이다.

인생길

　숲속의 바람 소리, 시냇물 흐르는 소리, 기뻐서 내는 소리일까 슬퍼서 힘들어서 내는 소리일까. 소리를 들을 때마다 즐거움과 슬픔, 외로움이 교차한다. 이 소리 저 소리 다 들어가며 살아왔지만, 갈수록 감각이 둔해지는 것을 느낀다. 오늘이 무슨 요일인지 며칠인지 기억 못 하고 달력 쳐다보며 기억을 되살린다. 요즘 나이는 숫자에 불과하다고 하시지만, 겉은 멀쩡하면서도 속은 허물어져 가고 있다. 머리가 잘 안 돌아가고, 가던 길을 의심하며 낯선 길을 걷고 있는 것 같은 생각이 들 때도 있다.

　노후에 "우리 고향 가서 같이 살자." 하던 친구들, 구두로 여러 가지 약속들을 했지만, 세월이 흐르면서 그 약속들 하나둘씩 잊혀지고, 막상 고지에 도달하니 언제 그런 약속을 했는지 까마득하다. 모두들 다 잊어버리고, 각자의 갈 길과 방향이 점점 더 멀어져 가면서 빠른 세월을 따라갈 수 없었다. 자주 만나고 인사하고 접촉하며 직접 소통하던 그 시기가 좋았다는 것을 왜 그때는 몰랐을까.

　흘러가는 세월 속에 역사의 이야기를 정확하게 정직하게 산 증인이 이야기해도 잘 알아들을 사람이 없으니 그저 아쉽기만 하다. 매스컴이 잘 전달했으면 하는데, 생각과 다르게 반쪽만 발표되는 것이 너무 많아서 어떤 때는 화가 날 때도 많다.

지나간 세월을 깨끗이 잊어버리고 무언가 다시 출발하려고 오랜만에 면접을 보아도 얼굴 쳐다보며 "모자 벗어보세요. 아픈 데 없지요? 고생 많이 하셨군요." 하고, 면접 끝나면 "집에 가서 기다려주세요." 하면 소식은 감감하다. 간혹 "죄송합니다. 다음 기회를 기다려주세요." 하면 그래도 고맙고, 감사한 편이다. 제2의 인생살이라는 게 시작부터 녹록치 않은 것 같다. 일자리 생길 때까지 건강관리 겸 취미생활이나 할까 해서 노인복지관을 찾아갔더니, 몸과 마음이 즐겁기는커녕 무언가 아쉬움이 더 많았다.

2019년 6월 30일. 편하게 구경이나 하면서 쉴 목적으로 온양온천역에 내리니 모든 것이 낯설기만 했다. 두리번거리다 시장 입구 사우나에 들어가서 휴식을 취하다 시장을 한 바퀴 돌았다. 점심 식사하러 순댓국집으로 들어갔다.

국밥 맛있게 먹는 모습을 보고 있던 옆 좌석의 낯선 형님 백수가 막걸리 한잔을 권했다. 앞좌석에도 부부가 들어와서 마찬가지로 순댓국과 막걸리를 시켜 놓고, 막걸리가 많다며 역시 한 잔 권했다. 형님 백수는 수년 동안 이곳에 자주 와서 주위 사정을 잘 알고 있는 것 같았고, 늦게 들어온 부부는 남편이 2년 전 큰 병을 얻어서 휴양 겸 관광지를 찾아다닌다고 했다.

경상도, 충청도, 경기도 세 남자가 만났으니 시간 가는 줄 모르고 덕담을 나누다 전라도 주인장까지 합세했으니, 완전히 재미있는 경로당이 되어 버렸다. 해도 해도 세상살이 이야기가 끝이 없다. IMF 전후 고생하던 이야기가 많았다.

부부 손님은 관광명소를 찾아 떠나고, 백수 형님과 나는 온양온천역 광장으로 들어갔다. 형님 백수가 빈대떡 먹으러 가자고 해서 따라갔더니, 광장 입구에 근처 교회에서 전도하면서 쳐놓은 천막이 있었다. 거기에서 빈대떡, 김치전, 국산차까지 착실하게 대접받고, 전도하는 사람의 재미있는 이야기도 많이 들었다. "예수 믿고 천당 갑시다." 하기에 "예." 대답했다. 다시 형님 백수가 "막걸리 한 잔씩 할까?" 하고 묻기에 "아니요, 집도 멀고, 첫걸음이라 빨리 가야 되겠습니다." 하고 광장을 빠져 나왔다. 온양온천역에서 집으로 갈까 신창으로 갈까 망설이다 시계 한번 쳐다보고, 신창행 전철을 탔다.

전철을 기다리며 옆에 어르신이 계셔서 대화를 시도했다. 생뚱맞지만 "어르신이 살고 계시는 시골 구경 좀 하고 싶은데요." 했더니 조금도 의심 없이 "함께 가요." 했다. 신창역에서 내려 30여 분 거리인데 시골 버스가 자주 안 다녀서, 평소에도 자주 걸어 다닌다고 하셨다. 걸어가면서 골목골목 설명도 해주시면서 집 가까이 갔을 때, "이왕 오셨으니 집에 가서 커피나 한잔하고 가시지요." 했다.

너무 고마웠다. 요즘 세상에 이런 경우 집 가까이 도착하면 볼일이 바쁘다며 "안녕히 가세요." 하는 분이 많을 텐데 20~30년 전의 시골 어른을 만난 기분이었다. 서울에서 오래 사셨는데 할머니께서 병으로 돌아가시고, 병원비 때문에 자녀들끼리 말썽이 있었단다. 집 팔고, 전세 살다가 큰아들이 전세금 빼서 이곳에 아파트 얻고, 근처에 조그마한 농지를 구입했다고 하셨다.

그러시면서, 처음 한 달 동안은 눈을 뜨면 매일 같이 눈물로 사셨다고 했다. 아들이 나를 버리려고 이곳에 온 것이 아닌지 친구도 없고, 이웃도 없이 허무맹랑하게 지내며 주말이면 서울 경로당 친구 만나러 다니며 서너 달 아주 섭섭하게 보내셨단다. 한번은 복지센터 버스를 타고, 신창역으로 가다가 복지센터 직원들이 취미생활과 일감까지 소개해줘서 친구도 생겼고, 용돈도 소소하게 벌어 쓰며, 요즘은 재미있게 잘 지내고 있다고 하셨다.

이곳 아침 공기가 그렇게 좋을 수가 없고, 동네 분들과 함께 일도 하고, 운동도 하니 남부럽지 않게 행복하게 잘 생활하고 있다며 자랑까지 하신다. 처음에 쓸쓸함과 외롭던 것도 다 잊어버리고, 오히려 원망했던 자식에게 미안스러울 정도라 하셨다. 서울에 친구가 다시 오라 해도 안 갈 것이라고 장담하시며, 오늘은 한 달에 한 번 정도 서울 친구 보고 싶어 다녀오는 길이라고 하셨다.

혹시라도 시골 가고 싶은 생각이 있으시면 하루라도 더 일찍 시작하는 것이 좋을 것 같다며 희망적으로 설명해주었다. 마음을 이미 비우신 할아버지의 말씀을 듣고, 함께 동행하고 싶은 생각까지 들었다.

오늘이라는 이 짧은 시간에 모든 것을 내려놓고, 그냥 생각나는 대로 발걸음 움직이는 대로 집을 출발했다. 그런데 가는 곳마다 좋은 친구들이 있었다. 목욕탕에서 만난 친구는 오늘 다니러 온 지역의 관광 안내를 친절하게 해주었고, 점심시간에는 여럿이 함께 식사하며 막걸리 대접도 받고 지나간 20~30년의 역사 이야기를 거짓말 없이 진솔하게 대화했다. 역 광장에서는 전도하는 분을 만나 좋은 이야기 많이 듣고, 맛있는 음식도 먹었다. 전철역에서는 시골 할아버지가 동생같이 대하며 살아온 길을 설명해주었으니, 오늘의 짧은 시간이 30년을 살아온 과정을 느끼며 복습하는 기분이었다.

항상 귀가 아프도록 듣는 이야기지만 마음을 비우고 배려하는 마음을 가진다는 것이 그리 쉽지 않은 것 같다. 부족한 것에도 만족하며 자연을 폭넓게 사랑하기, 고집 안 부리기, 화 안 내기, 모든 사람에게 친절하기, 이 모든 것이 내가 해야 할 일이다. 이 모든 것들은 내 마음에서 우러나와야 한다. 억지로 노력해서 되는 것이 절대 아니다. 조금씩 실천하려고 마음먹으니 주위에서 모든 분들이 잘 협조해주시고, 도와주었다. 주위에 이런 분들이 많다는 것을 너무 늦게 깨달은 것 같다.

여기까지 달려오면서 분수에 맞지 않는 욕심, 공상을 너무 많이 한 것 같다. 그 모든 것이 결국은 나의 것이 되지 못했다. 진실한 마음으로 인생길을 걸어가는 것이 내가 만들 수 있는 나의 작은 행복인 것도 모르고 욕심 부리던 시절도 있었다. 그 욕심들 하나하나 접어버리니 '좁은 시골길에 열차와 버스가 뭐 필요하겠나.' 하는 생각이 든다. 좁은 길에 자전거 정도면 충분하듯이 나 자신의 환경은 스스로 잘 알고 행동하는 것이 중요하다. 모든 사람이 함께 가는 인생길, 목적지까지 가볍고 즐거운 마음으로 평화롭게 함께 걸어가기를 원한다.

작은 꿈

　수십 년 자란 큰 나무일수록 사용처가 다양하고 우리에게 유용하다. 그런데 요즘은 거꾸로 가고 있는 것 같다. 예전에는 가정 내에서 할아버지, 아버지 순서대로 서열이 정해져 있었지만 지금은 그렇지 않다. 일반 사회에서도 마찬가지다. 인생 60 환갑이 지나고, 차츰차츰 나이 먹어갈수록 가족에서 뿐만이 아니고 사회에서도 밀려나고 있는 추세다.

　나는 퇴직 후에도 희망을 잃지 않고 재취업을 위해 여러 곳을 찾아다녔다. 그렇지만 면접 볼 기회조차 돌아오지 않았고 6~7월의 찌는 더위에 찾아주는 사람도, 찾아갈 곳도 없는 허수아비가 되어버린 것 같았다. 차선책으로 우선 마을복지회관에 가입해서 건강관리나 하기로 마음먹었다. 새벽에 잠깨어 놀이터에 나가봐도 아무도 없고, 반기는 것은 모퉁이의 가로등과 바람에 흔들리는 가로수뿐이었다.

　즐거운 마음으로 자연의 향기를 마음껏 마셔가며, 좋은 생각을 가지려고 아무리 노력해도 흥이 나지 않았다. 자연의 향기를 함께 할 친구가 없어 이 새벽도 홀로 외롭기만 하다. 반 백 년이 넘도록 살아오면서 아직까지도 마음 구석 하나 비우지 못하고, 쩔쩔매는 나의 모습이 안타까워 보이기까지 했다.

마음 문 열어놓고 두려워하지도 말고 아쉬워하지도 말고 그냥 조급하지 않고 있어도 세월은 흘러간다. 별로 볼품없는 나에게도 자연은 차별하지 않고, 무시하지도 않고, 친절하게 맞이하면서 허기진 공간을 잘 채워주는데 무엇 때문에 생각이 그리 많은지…. 그저 편안히 세월을 따라가기만 하면 되는데, 쓸데없는 공상을 하며 어둠 속에서 떠오르는 태양을 바라보며 바쁘게 하루를 설계한다.

군포1동주민센터에 주민등록등본 신청해놓고 있을 때, 일자리센터에서 좋은 곳은 아니지만, 실버들이 할 수 있는 일이라며 일거리 하나를 귀띔해주었다. 나는 조금의 망설임도 없이 그 자리에서 마음을 정하고, 그날 일정을 변경했다.

마음 약하고 바보같이 살아온 이 사람. 확고한 마음 하나 가지지 못하고 바람에 흔들리듯, 부족한 창고를 채우려고 애태우는 마음을 이해할 수 있는 이는 누구일까. 자연아, 등불아, 바람아, 내 마음 좀 꼬집어다오. 내가 너무 부족하구나. 너그럽고 편안해 보이는 너희들의 모습, 너무 부럽구나.

'따르릉~' "여보세요." 오전 10시경 첫 번째로 연락하고 일찍 도착한 보람인지 우중충한 백발의 중늙은이를 반갑게 맞아주는 곳이 있어 오늘 이 순간 어느 때보다 기뻤다. 근무지에 도착했을 때 정문까지 나와서 친절하게 맞이해 준 담당자와 한눈에 보이는 아름다운 자연환경은 더할 나위 없이 마음에 들었다.

전임자의 갈 길이 바빴던지 급한 마음을 보이면서도 친절을 다해 맞이해주었다. 반면 나를 바라보는 담당자는 썩 마음에 들지 않는 눈치인 것 같았다. 급한 마음에 "겉모습은 야무지게 생겼다."며 끌어들이는 모습을 보이면서 두 번 세 번 다짐을 받는다. 나는 그럴 때마다 대답만큼은 무조건 "예. 예." 했다. 함께 근무할 파트너(짝꿍)도 전임자로부터 안내받아 멀리서 얼핏 보았다.

면접이 끝나자마자 담당자는 당장 오늘부터 근무하기를 희망했다. 조금 망설이다 형편 설명을 듣고 바로 근무하기로 했다. 이렇게 해서 면접 시간이 출근 시간이 되었고, 면접일이 첫 출근 날이 되었다. 처음 만나는 일터였지만 내 모습과 같이 좀 어설픈 것 같으면서도 대부분의 사람들이 다 할 수 있는 일이기 때문에 마음을 다잡으며 도전하기로 했다. 문틈사이로 얼핏 보았던 작업 파트너도 착해보였고 주변 자연 풍경도 마음에 들었다. 나는 조금 나약한 체질이었지만 여성과 같이 일을 한다고 하니 그 정도는 따라갈 수 있겠지 하는 마음도 용기를 부추겼다.

얼떨결에 첫 근무를 마치고 집에 돌아와 생수 한잔 마시고 생각하니 '이제 사과나무 한 그루를 심었는데 꽃피고, 열매 맺는 그 날까지 참고 견디어 낼 수 있을까?' 걱정되기도 했다. 이른 새벽부터 부지런히 움직인 결과 굴러 들어온 일터가 나의 복덩어리가 되기를 바라며….

마음이 가는 곳에 희망이 보이듯이 새로운 일터는 내 마음을 서서히 잡아당겨 주고 있다. 이곳이 나의 마지막 직장이라 각오하고, 나의 출근길을 밝혀주는 가로등불과 나의 이마에 땀을 식혀 준 시원한 바람같이 봉사하는 마음으로 일하고 싶은 생각이 마음 구석에서 피어올랐다. '작심삼일이 되지 않도록 참고 견디어 보련다.' 희망의 꿈을 꾸며 좋은 추억을 만들고 유종의 미를 거두도록 노력할 것이다.

가족의 소중함

우리 부부는 세상 사람들과 비유하면 둘 다 부족함이 많지만, 그래도 서로의 눈과 마음에 보석인 것만은 틀림없다. 둘 다 칠 남매의 맏이고 어려운 환경 속에서 부모님을 대신하여 가정을 돌보며 살아왔기에, 항상 서로가 보기에 든든함을 느낄 수 있었다.

어려운 세월에 맞물려 흘러갈 때마다 하나하나 아름답고 예쁜 환경에 맞추지 못하고 대가족과 자녀들 속에서 버겁게 살아왔다. 그렇지만 힘들다, 어렵다 생각 없이 늘 부지런히 노력했다. 대가는 30여 년이 지나 전셋집 한 칸과 어린 자녀들과 가족에게 고생시킨 것 밖에 아무것도 없지만 말이다.

강산은 몇 번 변해서 벌거숭이산이 푸르러졌고, 애송이 나무가 고목이 되어가고 있다. 푸르른 하늘 아래 신선하고 아름다운 자연을 보고도, 즐겁거나 아름답다고 느끼지 못한 채 중년의 인생 넘어버렸고, 환갑, 진갑 다 지났다. 이렇게 부모님 돌아가시고, 형제자매들 독립하고 나니 무언가 잃어버린 허송세월 보낸 것 같은 생각이 들며 마음속에서 나도 모르게 허전함이 밀려왔다.

뒤늦게 가족의 따뜻한 사랑과 자녀들이 부모 이해하는 모습을 바라보며, 힘들게 살아온 인생길 바람 따라 구름 따라 흘려보내고 싶다. 가

족들과 오붓하게 작은 희망의 끈 붙잡고 오순도순 살고 싶다.

어설픈 인생살이 뒤늦게 변화를 추구해도 하루아침에 바뀌지는 않는다.

교통비 아끼느라 일찍 서둘러서 걷는 것은 기본이고, 식사시간 한두 시간 지나도 '집에 가서 점심 먹지.' 하고 참기 일쑤였다. 갈기갈기 낡은 옷도 찢어질 때까지 입으면서 여태까지 살아왔고, 머리 염색은 게을러서 못했다. 이런 일상을 살아오면서 가족에게 종종 쓴 소리 듣기도 했지만 쉽게 변화가 생기지 않았다.

인생 하반기에 무언가 나도 모르게 기가 약해지는 느낌이다. 마음의 빈틈이 생기며 조금씩 세상살이가 눈에 보이기 시작했다. 그간 돈 많은 것 보면서 부러웠지만, 아무리 노력해도 마음먹은 대로 잘 되지 않는다. 그렇지만 많이 가진 사람도 제대로 쓰지도 못한 채 관리하느라 고생만 하는 경우가 많다.

남의 것 빼앗는 것보다, 아껴 쓰고 덜 먹고 누추한 집에 사는 게 낫다. 부족한 부분 몸으로 때우고 정신력으로 버티어 여기까지 살아온

것도 그렇게 나쁘지만은 않다

오히려 요즘이 50년 전의 그때보다 더 재미있는 것 같다. 그때는 마음뿐이었고 실행할 능력도 없었다. 지금은 몸은 단련되어 야물고, 비록 창고가 텅텅 비어도 여유롭게 살아가고 있다. 우리 살아가는데 그렇게 많은 것들이 필요하지 않다. 욕심 부리면 세월이 너무 빨리 지나가고 만다. 서로가 건강 챙겨주며 여기까지 잘 왔으니 지금부터라도 미진한 것 조금씩 챙겨 볼 생각이다. 다만, 너무 늦어 가족에게 미안할 뿐이다. 부끄러운 이야기지만 나는 70회 생일을 맞이해서야 아내와 커플 반지를 나누어 낄 수 있었다. 여태까지 마음에만 두고 실천 못 했던 일을 뒤늦게나마 이루니 가족들도 좋아해주었다.

우리 부부가 같은 금가락지를 끼고, 김밥 떡볶이 사 들고 손자들과 나누어 먹으며 행복한 시간을 보내니 재벌 부럽지 않고 행복했다. 아내에게 "얼마 남았는지 알 수 없는 인생이지만 여태까지 살아온 대로 재미있게 삽시다." 말했다.

비록 다른 사람을 도와줄 수 있는 능력은 부족하지만 남에게 피해 주는 일은 하지 않고 가족의 행복을 위해서 열심히 살아간다면, 이웃을 사랑하며 사는 것과 마찬가지일 것이다.

건강한 가족 옆에 있어 너무 좋고, 스스로 건강해서 아직까지 노동할 수 있어 행복하고, 밖에 나가서 좋은 친구 만나 커피 한잔할 여유 생기니 더욱 즐겁다. 좋은 일은 못하더라도 앞으로 좋지 않은 일을 하지 않도록 노력할 것이다.

"남은 황혼의 길 옆에서 끝까지 잘 보살펴 주세요. 여물통 가족, 주호님 여태까지 고생 너무 많이 시켰어요. ♡사랑합니다.♡"

나의 인생길

아무것도 모르던 아주 어린 시절. 나는 첫돌 이전부터 많은 사고를 일으켜서 머리, 손, 팔 할 것 없이 여기저기 상처투성이였다고 한다. 나는 기억하지 못하지만 상상만 해도 끔찍하다. 십 리 넘는 길을 애기 업고 의원 찾아다니시느라 고생 많이 하셨을 부모님의 마음은 어땠을까?

초등학교 시절 동네에서 엄마 친구들이 삼복더위쯤에 모깃불 피워 놓고, 길쌈하며, 이야기 나누는 것을 어렴풋이 들은 적이 있다. 대충 "얘가 커서 사람 구실 제대로 할 수 있을까?" 하는 소리였다.

초등학교 때는 작은 덩치였지만 동네 아이들과 잘 어울렸다. 그런데 체격이 왜소하다보니 황당한 일을 겪기도 했다. 어느 날 학교에 오가면서 나보다 나이 어린 애들이 시비를 걸며 길을 막는데 아무런 말도 못 하고 그냥 고개 숙이고 집으로 돌아온 적이 있었다. 그 소문이 이웃 동네 동생뻘 친구들에게 전달되면서 또 다른 아이들이 똑같은 방법으로 나를 괴롭혔다. 그때부터 나이는 어리지만 나보다 덩치 큰 후배들에게 기가 죽었다. 그런 동생들이 앞에 가고 있으면 아무 말도 못하고 천천히 뒤를 따라 걸었다. 속앓이만 하는 외롭고 쓸쓸한 인생길이 시작된 것 같았다.

초등학교 졸업 후 중학교 진학도 못 했다. 할아버지와 농사일하면서 이른 아침에 논두렁에서 소 풀 베고 있을 때, 친구들이 책보자기 둘러 메고 재잘거리며 학교에 가는 것을 보면 너무 부러웠다. 얼른 고개를 숙이고 논두렁에 숨어서 다 지나갈 때까지 기다리다 집으로 돌아오곤 했다.

1년 정도 농사일을 돕다 이웃의 소개로 버스표 파는 곳에 취업했다. 동촌시외버스 정류소에서 1년 가까이 근무하며 손님들로부터 여러 가지 이야기를 많이 들었다. "야, 너 왜 학교에 안 다니고 여기에 와 있냐!"며 야단치는 사람도 있었고, 타이르듯 "학교에 다녀야지." 하는 사람도 있었다. 하루는 쉬는 날 집에 다니러 와서 학교에 가고 싶다고 했더니 집에서 난리가 난 적도 있었다. 부모님은 물론 외삼촌까지 나서서 "동생들과 같이 먹고 살려면 한 푼이라도 같이 벌어야지." 하셨다. 하루 쉬고 다음 날 늦게 갔더니 주인이 화가 단단히 났는지 그 자리에서 쫓겨나고 말았다.

얼마 후 조그마한 공장에 입사하게 되었다. 출퇴근길 전봇대에 '여기에 배움의 길이 열려있다. 입학금, 수업료, 전액 무료.'라는 광고지가 붙은 것을 보고 찾아간 곳이 동구고등공민학교였다. 건물은 교회 건물 1층이었고, 선생님은 모두 무료 봉사하시는 분들이었다. 낮에 근무가 벅차 매일 지각해가면서 학교 다니다 보니 공부를 잘하지는 못했다. 겨우 꼴찌를 면하는 정도였다.

그 당시 나의 목표는 대기업에 들어가는 것이었다. 대기업은 기능직이라도 대부분 고졸 이상이어야 지원이 가능해서 다시 야간고등학교를 찾아 나섰다. 중학교 과정 검정고시에 합격하지 못한 상태에서 야간고등학교 청강생으로 입학했고, 결국 야간고등학교 2학년 때 중학교 졸업 인정 검정고시에 합격할 수 있었다.

야간고등학교 다닐 때도 닥치는 대로 공장과 노동현장에서 일할 수밖에 없었다. 재학 중 징병검사에서 3급 판정을 받았다. 가까스로 야간고등학교를 졸업한 후 공군 방위병으로 1년 6개월 동안 복무했다. 군에서 맡은 업무는 시설운영 중대에서 현역과 함께 보일러를 관리하는 일이었다. 기억에 남는 일로 방위병 휴가 때 이웃에 사는 친구(조 선생)가 대구 팔공산 갓바위 구경을 시켜주었는데 그날이 바로 1976년 8월 18일, 판문점 미루나무 도끼살인사건이 일어나던 날이었다.

방위 제대 후 몇 곳을 돌아다니다 결국 목표한대로 대기업에 취업할 수 있었다. 그때부터 가정생활이 조금씩 풀리기 시작해서 동생들 학교 다니기에 무리가 없었고, 이웃에 돈 빌려 쓰기도 쉬워져서 엄마의 마음도 좀 편해졌을 거라고 생각한다.

이렇게 항상 어려움 속에서 주위의 조력자 없이 혼자 움직이다 보니 항상 변화하는 사회 환경을 제대로 읽지 못해 어려움을 겪었다. 외부의 친구는 거의 없었고 이리 부딪히고 저리 부딪치며 오직 부모님과 동생들밖에 모른 채 살았다.

직장 따라 부모님 곁을 떠나서 살다 보니 외로울 때가 많았다. 그러던 중 나에게 외로운 마음을 다스릴 수 있는 인연이 찾아와 무엇과 비교할 수 없을 정도로 즐거움이 시작되었다. 나를 불쌍히 여기신 하늘이 내려준 것인지 아니면 어떤 천사가 내 마음을 알고 보낸 것인지는 몰라도 마치 어느 물고기가 어설픈 낚시꾼의 어망에 걸린 듯한 상황이었다.

서로 좋아한다, 사랑한다 말 한마디 못해보고 그냥 친구가 되었다. 좋아하는 것이 무엇인지 아무것도 알지 못했고, 가벼운 주머니 탓에 그냥 값싼 곳만 찾아다니며 노랭이, 구두쇠 같이 행동해도 그녀는 미워하지 않고 나를 붙잡아 주었다.

그 시절 나는 항상 마음속에 불안감을 가득 안고, 스스로의 계획도 없이 대가족 속에 끌려 다녔다. 아무것도 이루지 못 한 채 허공을 바라보며 꿈만 가득 채우고, 실속은 채우지 못하고 있었다. 늘 헛걸음치며 고무풍선같이 방향도 잡지 못하고 허둥대도 함께 방향을 잡아주며 나보다 더 열심히 노력해준 그녀가 고맙기만 했다.

제대로 준비된 노후대책 하나 없이 정년으로 사회에서 밀려나고 보니, 이웃집의 논밭에는 곡식이 무럭무럭 자라는데 나의 밭에는 곡식은 수확할 것도 없이 잡초만 무성해보였다.

그동안 걸어온 꼬부랑길, 뒤돌아 논두렁 밭두렁 쳐다보면 온실 속의 화려한 꽃들보다 더 예쁘고 아름다운 들꽃을 발견할 수 있었다. 잡초들은 많은 사람에게 밟혀 가면서도 꼿꼿하게 잘 자란다. 모두 같은 시기에 꽃 피우고 진한 향기를 발하면서도 투정 부리지 않고, 항상 웃는 모습을 바라볼 때 좀 부족한 환경 속에서 자란 나 자신이 오히려 행복하다고 생각한다.

'지나간 청춘과 중년의 세월이 헛것이 아니구나!' 후회를 스스로 씻어가며 '지나간 수십 년 동안 이겨낸 시련은 고목에 꽃피우기 위한 단련 시기였구나.' 생각하며 마음을 조금씩 비우니 어느 구석에선가 편안한 마음이 싹트는 것 같았다.

황혼의 인생길에 남의 눈치 살피지 않아도 되고, 더 이상 욕심 부릴 필요도 없다. 그냥 내 생각대로 여태까지 살아온 대로 살면서 욕심만 조금씩 버리면 되는 것이다. 가지가 썩어가는 고목나무도 꽃이 피고 향기 품으며 여느 때와 마찬가지로 주위를 사랑과 행복으로 감싸준다.

외롭게 살아온 인생살이일지라도 단풍나무 못지않게 자유스럽고, 평화스러운 마음으로 개인의 행복을 추구할 때, 부부사랑이나 가족사랑은 기본이고 이웃과 친구 사랑은 인생의 기쁨을 확장시켜준다. 나아가 이성 간의 사랑스런 대화는 기쁨과 행복감을 더하여준다.

텅 비어있던 창고에 소유할 수 있는 것은 나의 건강과 사랑하는 마음과 지나온 추억이 전부다. 꿈에 그리던 못다 이룬 추억들을 지금이라도 하나둘 이루고 싶다. 비록 많이 늦었지만, 현재의 마음이나 50년 전의 마음이나 큰 변화가 없는 것 같다.

그때보다 오히려 지금은 건강하며 재미있게 놀다 편안하게 돌아갈 곳이 확실하게 있다. 불안감도 적고 말 한마디 해도 더 아름다운 목소리로 메아리쳐 오는 것 같다. 서쪽으로 넘어가는 저녁노을이 정말 아름답게 보인다. 해돋이 동쪽 하늘을 바라볼 때는 꿈과 소원을 빌었지만, 서쪽으로 서서히 자취를 감추어가는 저녁노을을 보고는 여태까지 고마웠다, 감사하다는 말밖에 더 할 말이 없다.

여물통의 머리는 텅텅 비었지만 마음은 항상 즐거움을 가득 채우고 싶다. 이쁘게 넘어가는 저녁놀을 붙잡는 심정으로 가족과 친구들을 더욱 사랑하려고 노력하고 있다. 마음속에 가득 찬 욕심과 고뇌를 조금씩 녹여가면서 더욱 부드러운 마음으로 빨리 돌아가는 시계를 조금씩 늦출 수 있다면 얼마나 좋을까….

언덕길도 꼬부랑길도 다 경험하며 잘 이겨낸 지난날이 즐거운 나의 인생길이 되었다. 앞으로는 더욱 화합하고 인생길 앞자리 양보하며 오솔길을 걸을 것이다. 사랑하는 가족과 친구와 손잡고 한마음으로 오래오래 걸을 수 있었으면 하는 희망이다.

행복한 바보

지난달 관악산 서울 둘레길 산행 때 아름답던 봄꽃과 나무들이 지독한 가뭄으로 듬성듬성 죽어있는 것들을 보았다. 목마르고, 배고픔을 참고 견디다 결국 극복하지 못하는 꽃나무를 바라보며 그래도 움직일 수 있는 동물들은 먹이 찾아 움직이며 이동할 수 있으니 식물에 비해서 얼마나 행복할까 생각해보았다. 그러나 주위를 둘러보니 개골창에 있던 옹달샘 약수까지 말라붙어 방울방울 떨어지고 있는 것을 보고 역시 식물이나 동물이나 자연의 변화에는 함께 같은 처지에 놓이게 되는구나 생각했다.

이렇게 조금 비통한 마음으로 걷고 있을 때, 등산객 좌우에서 그늘을 만들어 주는 반가운 고목들이 있었다. 스스로의 자태를 내보이면서 주위의 꽃나무와 힘들어하는 잡목과 곤충들에게까지 자신의 늠름함을 자랑했다. 둘레길을 걷고 있는 우리들에게도 자연을 대표해서 봉사활동 열심히 하는 모습이었다. 이렇게 모두가 즐겁고 행복하게 함께 잘 살 수 있으면 참 좋으련만, 우리 사회는 그렇지 못한 것 같아 아쉬운 마음이다. 오랜 시간 묵묵히 견디며 어려움을 잘 극복하고 살아온 노련한 고목이 제 역할을 제대로 하고 있는 것 같았다.

능력껏 묵묵히 봉사하는 그 모습이 너무나 고맙고 사랑스러웠다. 고목은 넓은 그늘과 쉼터를 제공해주고 대가없이 그냥 자연으로 돌아간다. 나도 쉬지 않고 흘러가는 세월 속에 검은머리가 파뿌리 되어가면서 그냥 "예." "고맙습니다." "감사합니다." "미안합니다." "죄송합니다."를 마음에 담아 즉석에서 생활화함이 좀 어색할 때도 있지만 정말 지나고 나면 마음이 편했다.

청춘을 오직 가난 극복을 위해서 모두 바쳐버리고 뒤늦게 하고 싶은 것들이 많았다. 전기 기술 배우겠다고 도전해서 시험에 떨어지고, 실습 중에 허리 삐끗한 적도 있었다. 컴퓨터 교육받을 때도 처음은 조금 재미있었으나 머릿속에 들어오지 않고, 그냥 머리가 멍하여지기도 했다. 뒤늦게 건강관리를 위하여 탁구를 배우고 있는데 자세가 잘 나오지 않고 실력이 늘지 않았다.

아내는 가사와 손자 키우며 쪼들림 속에서 취미생활도 제대로 할 수 없이 고생만 하고 있는 모습을 너무 늦게 알게 되었다. 그때부터 스스로가 바보였던 것을 느끼고, 하는 일마다 바보 취급을 당하고 있는 것도 같았다. 가족들은 노래를 좋아하는데 여물통은 음치 중의 음치여서 함께 하기가 어려웠다. 가족들과 함께 여름휴가 갔을 때는 영화관에서 잠들었다가 냉방병에 걸려 응급실에 실려 가기도 했었다.

집안 청소할 때면 어린이놀이터에 가서 손자들과 놀다 오는 게 내 임무다. 음식 만들 때 옆에서 얼쩡거리며 이것저것 질문하면 귀찮게 하면 "직접 만들어 드시던지, 그렇지 않으면 조용히 방에 들어가서 TV나 보시지요." 하는 소리만 듣는다. 집에서 특별하게 책임지고 할 일이 없고 겨우 한 가지 재활용 쓰레기 정리해서 버리는 일밖에 없다. 이렇게 해서 밥값을 제대로 할 수 있을지 모르겠다. 집에서 이렇게 살아도 직

장 나가면 그래도 같이 일하는 짝꿍과 협력해서 일 잘하고 있지만 아내에게서 "일 같이하시는 분, 얼마나 속 터지겠어." 하는 소리 여러 번들었다.

그러면서도 음식 만들 때 당근 잘라서 이것 먹어 하면서 중간 한 마디, 또는 깍두기 만들 때 무 머리 부분 한 토막은 항상 나의 것이다. 육개장 맛있게 끓는 냄새가 날 때면, 고기 건더기 건져서 소주 안주하라며 건네준다. 이렇게 나이가 더하여질수록 여물통은 점점 바보가 되어가고 아내는 더욱더 보호자 같은 생각이 든다. 나는 부모님께서 일찍돌아가셔서 제대로 효도를 할 수 없었다. 그래서인지 가족에게라도 잘하고 싶은 마음이 강한 편이다.

일터에서도, 가정에서도 하는 행동이 별반 차이가 없다. 그래도 직장이니만큼 더 노력은 했지만, 마당쇠로서의 역할에 부족함이 많았다.

그래서 함께 일하던 짝꿍에 미안한 생각이 들기도 한다. 귀가 잘 안 들려서 목소리를 높이고, 같은 일을 두 번, 세 번 반복하기도 하고, 동작이 느리고, 힘이 없어 황소 노릇 못한다고 핀잔을 듣기도 했다. 그래도 어려움을 대화로 극복하고 오랫동안 마찰 없이 잘 버티어 왔다.

　내게 바보라 하는 분이 드문드문 있어도 내 마음은 항상 즐겁고 행복했다. 아내에게도, 작업 짝꿍에게도 너무 부담을 주어서 미안할 뿐이다. 뒤늦게 가정 내에서 아내의 역할이 힘들다는 사실을 알게 되었다. 흘러가버린 세월을 되돌릴 수 없지만 지나간 고난에 대한 보상은 나의 건강과 가정의 행복이다. 앞으로 닥칠 모든 일들에 내 사랑이 떠나지 않도록 최선을 다할 것이다.

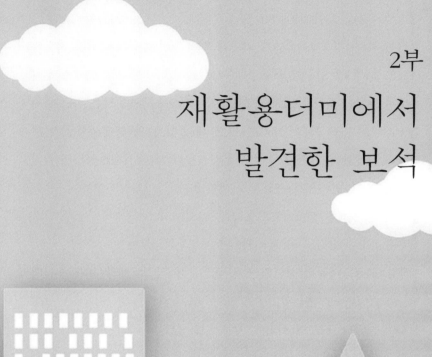

2부

재활용더미에서
발견한 보석

외곽 미화원으로 입사

길어지는 노년기를 보람 있게 보내기 위해서 나는 좀 늦은 감은 있지만 제2의 직업을 찾으려 노력했다. 그 결과, 일자리센터에서 미화부 자리를 소개받았다.

"월급은 적지만 해보실 생각 있으세요?"

"예."

나는 무조건 한다고 하고, 이력서를 들고 찾아갔다.

면접관으로 나온 반장님이 처음에는 "나이가 조금 많은데…" 하면서, 고개를 좌우로 흔들었다.

"나이는 조금 많지만 사람은 야무지게 생겼는데… 일 잘할 수 있겠지요?" 두 번, 세 번 다짐했다.

"나이도 그렇고, 눈도 귀도 약간 부족하지만 시키는 일 만큼은 열심히 하겠습니다."

이렇게 해서, 나는 1차 관문인 면접을 겨우 통과했고 첫날, 전임자로부터 작업설명을 들었다. 그리고 기본교육으로 반장님에게 청소도구 사용법과 작업순서, 작업방법 등을 배웠다.

미화원 실습

둘째 날. 반장님으로부터 같이 작업할 짝꿍을 소개받았다. 작업 시작 전, 믹스커피 한잔하면서, "이 넓은 공간이 우리의 작업장이자 놀이터라 생각하고, 열심히 같이 해봅시다." 했다.

리어카에 청소도구를 싣고 나는 정리작업 및 외부청소 위주로, 짝꿍은 음식물 통 위주로 내부작업을 시작했다. 첫인상이 초등학교 여자 선생님 같았던 짝꿍은 작업이 시작되자마자 훈련소 교관으로 변신하였다. 바닥을 깨끗이 쓸지 않아서, 청소도구를 잘못 사용해서, 작업을 빠뜨려서 등등 잘못된 곳을 하나하나 빠뜨리지 않고 지적했다.

그때마다 대답은 "예. 잘할게요." 하면서도, 금방금방 까먹기도 하고, 동작이 느리고 말귀도 잘 못 알아들어서 조금 미안하기도 하고, 부끄럽기도 했다. 그렇다고 교관에게 변명할 수도 없고, 무조건 "조심할게요. 잘할게요." 했다. 짝꿍은 일이 끝나갈 무렵 "실수를 연발하지 말고 동선을 짧게 해서, 시간을 단축시키라."고 충고했다.

다음날은 짝꿍 없이 나 홀로 작업을 시작했다. 오히려 자유스럽지 않을까 생각했는데, 익숙지 않은 지리에 갑자기 경로당에서 민원까지 들어와 찾아 뛰어다니느라 정신없었다. 그러던 중 다음날 작업위치 파악을 위해서 지하 2층으로 내려갔다가 출구를 못 찾아 헤매고 있을 때,

반장님을 만났다. "출구를 못 찾아 헤매고 있다."고 했더니, "처음에는 다 그런 거여." 하셨다. 그리고 소화기전 위의 커피 캔, 광고지 등 빠뜨린 것이 많다고 지적받기도 했다. 함께 일할 때는 잔소리꾼 같던 짝꿍이었지만 나 홀로 작업하니 모르는 것이 너무 많아 많이 아쉬웠다.

실습의 끝자락 금요일은 산행하는 기분으로 출발, 평소에 잘 다니지 않던 곳을 구석구석 누비며 매미 소리 들어가며 낙엽 쓸고 거미줄 제거하고 꽁초통 비워가며 나무 그늘 따라 다니며 작업했다.

오후 작업이 시작되자마자 카톡이 빽빽 울렸다. 행정안전부에서 온 긴급문자였다. 폭염경보 → 야외 활동 자제 → 충분한 물 마시기 등등, 주의는 하지만 정해진 짧은 시간에 별 여력이 없었다. 지나가는 주민들께서 많이 걱정해주셨다. "그늘에서 쉬어가며 하세요.""시원할 때 하세요." 따스한 격려를 받으며 하루 작업을 마무리할 수 있었다.

실습 마지막 코스 토요일, 마지막 코스 쉼터에서 짝꿍이 시원한 간식을 건넸다. 마주 앉아 실습교육을 떠나 조언을 많이 들었다. "일할 만하지요.""예""일주일 금방 가지요.""예" 하지만 속마음은 달랐다. 정말 일주일이 한 달 같았고, 퇴근하면 아무것도 하기 싫고 움직이는 것조차 힘들었다.

그러면서 짝꿍은 "세상에는 쉬운 일도 없지만 노력하면 그렇게 어려운 일도 없고, 조금 더 노력하면 무엇이든 다 할 수 있다."고 했다. 또, "어디가도 공짜로 돈 줄 사람도 없고 노력의 대가를 받을 뿐."이라며 정말 명언 같은 도움말을 주기도 했다. 나는 잘 알아들은 듯이 고개를 끄덕끄덕했다.

7월의 무더위 속에 구석구석 콕콕 찌르며 지적하는 반장님과 카리스마 있게 리드하는 열성의 짝꿍 교육열 덕분에 구슬 같은 땀을 흘리면서 열심히 노력할 수 있었던 것 같다. 일주일 동안 많이 힘들었지만 중간 중간 짝꿍의 이쁜 말솜씨가 마음을 녹여주어 잘 이겨낼 수 있었다.

위기의 마당쇠

　장마통에 지하 2층 작업을 끝내고 퇴근을 준비하는데 "지하 1층 주차장에 물과 기름띠로 인하여 많이 미끄럽다."고 민원이 들어왔다. 시계를 쳐다보며 마음이 바빴다. "에이." 하면서 바로 뛰어갔더니 정말 가관이었다. 물 위에 불그스레한 것이 기름인가 김칫국물인가 하여 냄새를 맡아보았으나 냄새는 나지 않았다. 서투른 솜씨로 걸레질을 하면서 몇 번 넘어질 뻔도 했다. '짝꿍이 가까이 있었으면 얼른 해결 방법을 가르쳐 주었을 텐데….' 하면서.

　제법 많은 양의 기름과 물을 통로 쪽으로 밀어내면서 닦아나갔다. 통로는 온통 빙판같이 변해갔지만 주차장의 물과 기름 덩어리는 거의 없어졌다. '이 정도면 자동차 다니는데 별 지장이 없겠지.' 하고 철수했다. 퇴근하면서 혹시나 하고 들러 보았더니 바로 그 자리에 주민께서 양손에 물건을 든 채 넘어지는 광경을 보았다. 깜짝 놀라 뛰어갔더니 멋쩍어하시면서 벌떡 일어났다. 주민께서는 스마트폰 카메라로 바닥을 촬영하면서 나무라는 표정으로 뭐라 중얼거렸다. 걸레 작업을 한번 더 할까 생각하다 혹시 현장보존 문제까지 생각하고 있지 않을까 생각하며 걱정스러운 마음으로 퇴근했다.

　다음 날 아침 출근하면서 현장을 확인하니 깨끗이 닦여져 있었다. 어제 일을 짝꿍에게 이야기했더니 잘 좀 하지 하시면서 별일 없을 것이라며 안심시켰다. 9시경 관리실에 호출되어 CCTV를 확인했다. 검붉은색 기름띠와 물이 선명하게 보였고, 마당쇠가 열심히 걸레질하는 장면이 보였다. 주차장 바닥을 닦고 통로 멀리까지 가로 세로로 닦는 모습이었다. 마당쇠가 보기에도 나무랄 데 없이 보였다.

기름띠를 없애는 1차 작업은 열심히 하였으나 마른걸레로 마무리작업을 하지 않아서 통로 전체를 미끄럼 장으로 만들어 버렸다. 마당쇠의 서툴고 어설픈 작업으로 주민께서 넘어지기도 했고 관리실에서는 늦게까지 비상이 걸린 것 같았다. 다행히 넘어졌던 주민께서 다치셨다는 말은 듣지 못했다. 이 일로 혹시나 불상사가 일어나지 않을까 일주일 정도 걱정을 했으나 별 반응 없이 잘 넘어갔다.

그냥 속으로 '아주머니 죄송해요. 어설픈 마당쇠 한 번 실수 용서해주시는 거죠?' 하며 사과했다.

낙엽

기온이 선선하여지고 하늘이 높아지기 시작하면 산천초목도 선선한 기온을 이겨내기 위하여 색동옷으로 갈아입는다.

늘어진 나뭇가지에 새 옷을 입고, 자랑이라도 하듯 폼 잡고 서 있는 가로수. 매일같이 일터를 오르내리며 마당쇠와 짝꿍이 손가락질하며 참 이쁘다고 쳐다보면, 반갑다고 살랑살랑 손 흔들어 주던 단풍잎. 그 것도 잠시고 금세 갈색으로 갈아입고 다 익어가는 티를 내고, 조용히 사라지는 낙엽. 가을바람에 이리 뒹굴고 저리 뒹굴다 결국엔 도로 바닥에서 휴식을 취한다.

햇볕에 그을려 바스락거릴 때는 그래도 친구가 되어 속삭일 수 있었 지만, 아침이슬 머금고 잠들면 마당쇠는 인정사정없이 이쁜 단풍을 쳐 다보던 마음과는 달리 구슬땀 흘리며 낙엽 긁어모으느라 정신이 없다. 낙엽은 어차피 자연에 순응하면서 다가오는 운명대로 나아가야 한다.

이쁜 고사리손에 붙잡혀 책갈피 속으로 들어간 단풍잎은 황제 노릇 하며 오래오래 장수할 운명이고, 넓은 들판에 떨어진 단풍잎은 겨울 동안 농작물의 이불이 되어주고 다시 봄이 오면 퇴비가 되어 후손들의 번영을 위하여 새로운 양식이 된다. 도로 위에 떨어진 낙엽은 좀 안타 깝지만, 마당쇠에 의해서 쓰레기로 만들어질 운명이다.

누굴 원망하고 칭찬할 필요 없이 바람 부는 대로 자연의 운명에 따라가야 한다. 바닥에 떨어진 낙엽들을 빨리 치우지 않고 서성거리면서 마당쇠의 동작이 늦어지면 짝꿍은 독촉이라도 하듯 여기저기 쓸어 모아주기도 한다. 제아무리 똑똑하고 잘난 척해도 오래 머무를 수 없이 자연의 섭리대로 돌아가고야 만다.

마당쇠도 벌써 여기(실버)까지 왔는데 더 이상 무엇을 할 수 있을까. 너무 멀리 와버린 내 마음을 조금이라도 치유하듯이 동병상련을 느낀다. 황금빛 단풍이든 갈색의 낙엽이든 쓰레기가 될 운명에 처한 모습은 안타깝지만, 일은 일이다. 모두 나름대로의 역할을 하고 길 떠나는 것이 운명이다.

아는지 모르는지 서러워 울며 떠나지 않고 꿈틀거리는 지렁이의 밥이 되어주기도 하고, 농작물의 보온재가 되어주기도 하면서 마지막 떠나는 그 시간까지 이웃에 무엇인가 도움을 주고 떠나는 이파리. 이 세상에 그냥 왔다가는 것 같지만 스스로 자기 할 일은 다 찾아 하는 자연 이파리가 너무 고맙다. 멀지 않아 마당쇠도 무언가 주고 갈 것이 있는지 찾아보고 줄건 다 주고 갈게. 자연아, 푸근하고 너그러운 마음으로 좀 기다려다오.

겨울 준비 작업

늦가을에 접어들자 갑자기 날씨가 영하로 떨어져서 외곽 청소용 상수도를 모두 차단시켰다. 어쩔 수 없이 청소용 물을 리어카에 싣고 다녀야 했다. 첫날은 그런대로 오르막길을 잘 끌고 올라갔다. 리어카 자체도 무겁고 많이 낡아서 힘이 들었다. 다음날은 사실 그대로 표현했다. 힘이 많이 드는 표정을 지었으나 짝꿍이 멀찌감치 따라오면서 눈치 채지 못했다.

3일째 되던 날 "늙은 소가 힘들게 끄는데 좀 밀어주이소." 했더니 "옛날 아저씨는 혼자서 잘 끌고 다녔는데, 무슨 소가 그렇게 힘이 없노?" 핀잔을 주면서도 잘 협력해주었다.

날씨가 더욱 추워지고 눈이 내리는 날에는 힘을 합쳐 밀고 당기면서 서로 간의 대화가 싹트기 시작했다. 날씨가 추운 날에는 집에 있는 핫팩까지 가져와서 상대방을 위로하기도 하고 어떤 때는 작업 중 휴게실로 돌아와서 따뜻한 커피 한잔하며 몸과 마음을 녹이기도 했다. 이렇게 조그마한 부탁도 성의껏 받아줘서 고맙고 마당쇠의 나약한 체력을 이해하고 협력해 주니 더 무엇을 원할까. 짝꿍의 뛰어난 이해력과 성실함, 상대방을 배려하는 마음씨를 발견하고 서로 간 소통의 문을 활짝 열어갈 수 있을 것으로 희망적인 생각을 했다.

그러던 중 반장님으로부터 동파방지를 위해서 음식물 통을 보온 포장하라는 지시를 받았다.

경험이 전혀 없는 마당쇠는 어쩔 줄 몰라 며칠 동안 머뭇거리며 생각해도 아이디어가 떠오르지 않았다. 짝꿍에게 이야기했더니 짝꿍이 직접 설계, 제작한 포장지를 가져왔다.

추위에 벌벌 떨면서 짝꿍의 지시대로 포장했더니 정말 나의 생각이 미치지 못할 정도로 잘 만들어졌다. 포장하기도 쉽고 이쁘고 깔끔했다. "이 정도 포장지 개발이면 아이디어상 감이야." 하며 중얼거렸다. 짝꿍의 아이디어 덕분에 올겨울 음식물통 호강하게 생겼고 마당쇠는 한고비를 쉽게 넘길 수 있었다.

재활용품

　재활용품이라 함은 다시 사용 가능한 물건이다. 마당쇠 자신도 30여 년간 직장생활을 하였고 정년이 훨씬 지나 인생의 재활용품(?)이라 생각하며 용기를 잃지 않고 남아있는 에너지를 끝까지 사용하고자 한다.

　초가을 날씨가 갑자기 추워지자 짝꿍이 "다른 분이 입던 것인데 추울 때 입으세요." 하며 오리털 잠바를 가져왔다. 사이즈는 한 치수 위였고 색상은 마음에 들었다.

　겨울 동안 따뜻하게 잘 입었다가 봄이 되자 재활용품으로 겨울옷 내놓으시면서 "맞으면 작업복으로 사용하세요." 하기도 하고 어떤 사람은 '필요하신 분 가져가세요.'라고 이쁜 글씨까지 써 붙이기도 했다. 단벌신사가 맘에 드는 옷 골라 고장 난 지퍼 수선하고 조금 손보니 작업복도 하고 외출복도 할 수 있어 갑자기 옷 부자가 된 기분이었다.

　한 아주머니께서 "버리기 아까운 옷인데 조금 작아서…." 하면서 누구 맞으면 작업복이라도 하라고 했다. 짝꿍에게 보여줬더니 "어머 이거 좋은 메이커네." 하면서 입어보더니 "딱이야!" 했다. 고마운 마음으로 입고 있는 것을 보니 마음이 흐뭇했다.

　몇 년 전 봄옷 사러 갔다가 너무 비싸서 못 산 옷이 재활용품으로 나왔다. '옷과도 인연이 있는 걸까?' 별 수선 없이도 작업복, 등산복, 외출

복까지 겸할 수 있어 마음에 들었다. 짝꿍에게 자랑했더니 "아주 이쁘네요." 했다. 이른 봄부터 외출복으로 입고 다니며 폼 잡았다. 이렇게 남녀 구분 없이 몸에 맞는 재활용품 옷이 나오면 고맙게 잘 사용하고 있다.

짝꿍은 리폼해서 입으면 봄에는 꽃같이, 여름에는 나비같이, 가을에는 단풍잎같이, 겨울에는 펭귄같이 이뻐 보이는데 마당쇠는 이것저것 많이 입어 봐도 이쁜 구석이 보이지 않는다. 그래도 배려해주신 물건의 귀중함과 고마움을 생각하며 잘 사용하고 있다. 아무튼, 재활용품 덕분에 고급 옷도 입어보고 따뜻한 겨울을 보낼 수 있어 고마웠다.

마당쇠도 재활용인ㅅ 생활 속에서 다시 제2의 인생을 경작할 수 있는 직장도 얻었고 보석 같은 작업 짝꿍도 만나 항상 고맙고 즐거운 마음으로 일 잘하고 있다.

카톡 이야기

아침 저녁 뉴스는 긴급 코로나 뉴스밖에 없고 종종 친구들로부터 전해오는 카톡이 전부다. 휴일은 나 홀로 집 뒷산에 올라가면 드문드문 스치는 등산객마저도 모두가 죄인 취급하듯 얼굴도 안 마주치고 멀찌감치 구렁이 지나가듯 비켜만 간다. 외롭고 쓸쓸한 생활을 하면서도 가까이 있는 짝꿍에게 카톡 트자는 소리도 못 하고 있던 중 짝꿍이 카톡에서 이미 마당쇠가 읽은 글을 재미있게 이야기해주었다. 그러면서 답을 맞춰보라고 했다.

이미 읽은 것이기 때문에 답은 알고 있었다. 그때 용기를 내어 "카톡 해도 될까요?" 했더니 좋은 것 있으면 보내달라고 했다. 그날부터 당장 친구들로부터 받은 카톡을 선별하여 보냈더니 금방 답이 왔다. 첫 카톡을 트고 나니 마음 설레고 너무 좋아서 신이 났다.

사실 나는 스마트폰을 가지고 다니기만 했지 사용 방법을 잘 몰랐다. 카톡도 주고받을 줄만 알지 그 이외의 것은 거의 몰랐다. 받은 카톡을 친구들에게 공유하기도 하고 좋은 내용은 대화로서 설명하기로 하는 정도였다.

그런데 요즘은 짝꿍에게 몇 가지 배웠다. 실습하고 또 실습해서 사진 찍어 전송하기도 하고 마당쇠가 찍은 사진에 이쁜 글 넣어 만들어 보낼 수 있을 정도까지 왔다. 사진과 글씨가 잘못된 것은 지적받기도 하고 잘 된 것은 칭찬받은 적도 있다.

이렇게 카톡을 매일 하다시피 하니 더욱 가까운 친구 짝꿍이 된 것 같고, 오타가 많이 나와도 이해하고 읽어주고, 모르는 것 묻고, 답하고 요즘은 짝꿍이 카톡 선생님 역할을 하는 것 같다. 이제 아침 인사는 카톡이 대신하고 카톡으로 작업 지시도 받고 마당쇠 질문에 좋은 댓글을 받기도 한다. 카톡하는 것을 젊은이들만의 소유물로 생각했는데 요즘 카톡 없으면 너무 재미없어 어떻게 보낼 수 있을까 생각이 들 정도다.

오늘도 짝꿍 덕분에 일만 배우는 것이 아니고 현실 생활을 더 가까이 더 젊게 사는 법을 잘 배우고 있다. 오래오래 좋은 카톡 많이 주고받을 수 있는 짝꿍이 되기를 바라며 마당쇠도 열심히 노력할 것을 다짐해본다.

종교 이야기

어느 날 전봇대에 여기 배움의 길이 열려 있다는 광고를 보고 찾아간 곳이 고등공민학교(중학교 과정, 검정고시)였다. 교회 건물이 교실이고 학비는 무료였고 선생님은 모두가 봉사활동으로 가르치고 계셨다.

직업을 찾다 보니 또 고등학교 졸업장이 필요했다. 기독교 계통의 야간고등학교에 엄청 늦은 나이로 입학했다. 학교 수업은 하는 둥, 마는 둥 하면서 직장과 학교에 출근만큼은 정성껏 했다.

졸업 후 생각대로 희망하는 회사에 들어갔다. 신앙심 없이 그냥 교회 문턱만 넘나드는 시기에 교회에서 심방을 몇 번 오시더니 갑자기 가정예배를 끊으셨다. 어느 날부터인가 순간적으로 왕따 당하는 생각이 들어 얼마 동안 등록된 교회 없이 발길이 가는 대로 아무 교회나 예배 시간이면 동참하는 습관이 생기기도 했다. 그것도 차츰차츰 싫어졌다. 그래도 1년에 몇 번 정도는 교회를 찾아간다. 종교를 물으면 "교회 다니지 않는 기독교인입니다."라고 대답은 확실하게 했다.

짝꿍의 말솜씨가 기독교에서 많이 사용하는 믿음, 소망, 사랑, 은혜, 축복, 감사 같은 말을 많이 사용하시기에 "혹시나 기독교 교인이십니까?" 했더니 교회 생활을 오랫동안 했고 지금은 안 다닌다고 했다.

내가 "목사님 설교 말씀은 좋아하면서도 성경 말씀에 대한 믿음이

가지 않는다."고 했더니 "교인이 예수님 말씀 안 믿을 거면 교회 다니지 말아야 한다. 기독교인은 성경 말씀을, 불교인은 불서를 믿고 따라야 한다."면서 강력한 어조로 설명했다. 어쨌거나 교회를 오랫동안 다녔고 마음속에 사랑하는 마음과 감사하는 마음이 항상 넘쳐나고 있는 것을 느낄 수 있었다.

종교이야기 하기 전부터 '안녕, 선택받은 우리 인연은 하나님이 내린 나의 선물이여.' '당신은 하나님이 나에게 보낸 천사가 틀림없어요.' 이렇게 카톡으로 선녀 또는 천사라고 많이 불렀다. 아무튼, 비슷한 점이 있는 것 같았다. 열심히 신앙생활한 것도 같았다. 대화 중 짝꿍이 "신앙인이 너무 이기주의라는 생각을 하고 이중성격을 가진 자가 교인인 것 같다."고 했고 나도 공감했다. 나는 짝꿍에게 "새 생활을 바꾸어 가는데, 노력을 많이 한 것 같아요. 나는 더 이상 몰라요." 했다.

그날 강력한 신앙 발언 듣기를 원했던 마당쇠에게 짝꿍은 정확한 답을 속 시원하게 들려주었다. 진실 되고 솔직한 이야기를 마당쇠는 따뜻하게 받아들일 수 있었다. 마당쇠의 흐트러진 마음을 하나로 녹여주었다. 나는 고통을 감사하게 받아들여 자갈길이라도 아름다운 마음으로 사이좋게 걸어가고 싶다. 이럼 마음 가능하게 해준, 선생님 같은 나의 짝꿍에게 감사하는 마음이다.

인연

　미화원이 아니었으면 우리 어이 인연이 될 수 있었을꼬. 짝꿍으로 소개받아 실습 받으며 어이 감히 좋은 인연 꿈이나 꿀 수 있었을꼬. 그냥 선배 아니면 동료 직원 정도지.

　짝꿍은 궂은일, 허드렛일 도맡아 하는 작업환경 속에서도 웃음을 잃지 않고 상대방을 존중하며 즐거운 마음으로 대화하며 소통하는 막내 동생 같으면서 언니, 누나 같은 마음을 가진 사람. 인생 잠시 머물면서 나에게 비춰진 작은 배려를 실천하는 행동을 보여준 사람이다.

　나아가 마음이 따뜻한 사람. 서로 대화가 통하는 사람. 비록 우연히 만난 인연이지만 운명 같은 인연. 줄 것은 별로 없는데 배울 것이 많은 인연이다. 나는 그냥 스치는 인연이 아니기를 바라며 좋은 인연 덕분에 하루하루 힘들던 작업도 즐거워지고 지난 수십 년 동안 열심히 일했어도 요즘같이 즐겁게 행복을 느껴본 적이 별로 없는 것 같다.

　요즈음 세상이 아름답게 보인다. 좋은 인연을 이보다 더 어떻게 좋아할 수는 없지만, 가까이 있을 때 좋은 추억 많이 담아 더 멀리서, 더 오랫동안 바라볼 수 있었으면 하는 마음이 든다.

　꽃이 피고, 열매 맺어, 서로 부딪히지 않고, 잘 익어 추수할 때까지 서로 마주 보듯이 우리 인연도 천년 지기 나의 친구가 되어 오랫동안 기억에 남을 좋은 인연이 되기를 바란다. 이 인연이 여생을 새롭게 눈뜨게 해줄 운명 같은 인연인지도 모른다. 퇴직 후에도 계속 안부라도 물어볼 수 있는 좋은 인연 계속 이어졌으면 하는 마음이다.

행복차

올겨울에는 눈도 많이 왔고 날씨도 유난히 추웠다. 코로나와 독감 예방을 위해 옷을 두텁게 입어도 영하 20℃ 정도까지 오르내리는 날씨를 감당하기는 힘들었다. 완전무장한 상태에서 또 등산용 빵모자까지 동원했다.

작업 시작하자마자, 짝꿍의 앞치마에는 누룽지 같은 살얼음이 얼었고, 작업장 음식물통도 꽁꽁 얼어 있었다. 주머니 속 핫팩까지 만지작거리며 빙판길에 미끄러지기도 하면서 오전 작업 마지막 코스에서 짝꿍의 얼굴을 쳐다보니 눈썹이 하얗게 산타 할머니가 되어 있었고, 걸어가는 뒷모습은 뒤뚱뒤뚱 이쁜 펭귄이 걸어가는 모습이었다.

오후 작업은 서둘러 끝내고 따뜻한 차 한 잔이 생각났다. 짝꿍이 먼저 "커피 한 잔 하실래요?" 했다. 얼른 "예." 하고 퇴근 시간에 처음으로 짝꿍이 타준 따뜻한 커피 한잔 하며, "야, 오늘 날씨도 대단하지만, 노동자의 몸과 마음, 소통까지를 팍 녹여주는 이 커피야말로 우리들의 마음을 행복하게 만들어 주네요."라며 즉석에서 마당쇠가 행복차로 이름 짓고, 일은 힘들어도 이 행복차 오랫동안 같이 먹을 수 있었으면 좋겠다며 한바탕 웃었다.

이후로 퇴근 시간에 수시로 행복차를 마시고 있다. 처음에는 대부분 짝꿍이 준비했지만, 요즘은 마당쇠도 자주 커피를 준비한다. 잘 못 타서 혼날 때도 있지만…. 아무튼, 행복차 기다리는 시간은 늘 행복한 마음이다. 앞으로도 계속 마실 수 있도록 노력할 생각이다.

눈 내리던 날

 며칠 전 새벽 아무도 밟지 않은 눈길을 뽀드득뽀드득 소리 내어 밟으며 출근해서 눈 치우느라 고생깨나 했고 그다음 날 허리와 온몸이 쑤시고 아팠다. 오늘은 연차 휴가임에도 코로나 때문에 방콕하면서 일기예보에 많은 눈이 내릴 것이라 해서 신경 쓰며 수시로 창밖을 바라봐도 눈은커녕 날씨가 화창하기만 했다.

 그런데 10시가 막 지나면서 밖이 갑자기 컴컴하여지더니 함박눈이 내리기 시작했다. '낮에 이렇게 많이 내리는 눈은 보기 드문데…' 걱정하면서도 한편에는 눈 내리는 시야가 나의 마음을 사로잡아 버렸다. 첫눈이 내리던 날 초등학교 3학년 손자가 완전무장하고 마당에 나가 뛰놀며 눈 위에 글 쓰고 눈사람 만들던 그날의 모습이 오늘 나의 모습인 것 같았다.

 걱정은 뒤로하고 사진을 찍어가며 잠시나마 동심의 세계에 푹 빠져버렸다. 즐거움과 설레임으로 외출한 아내에게 사진과 함께 카톡을 넣었더니 답장이 없었다. 작업 중인 짝꿍에게도 똑같이 카톡을 넣었더니 금방 작업장의 사진과 함께 카톡이 도착했다. '갑자기 하얀 세상으로 바뀌었어요.' 역시 초등학생이 보낸 글귀같이 이뻐 보였다.

 '오늘 하루 백설공주가 되어 보석 같은 눈 속에서 즐겁게 보내세요.'

'그러게요. ㅋㅋ' 카톡을 주고받는 60대 후반의 미화원 할아버지와 50대 후반의 미화원 할머니. 비록 나이는 늘어가지만 눈 내리는 광경을 바라본 생각은 초등학생과 똑같은 마음이다. 속마음의 따뜻한 정을 카톡으로 대화하니 이보다 더 즐거운 날이 또 언제 있을까 싶다.

"오늘 함께 커피를 마실 수는 없지만 마당쇠와 같이 드신다고 생각하며 행복차 맛있게 드시고 눈 내리는 작업장의 광경과 카톡 대화를 오래오래 기억해주시고요. 사랑의 대화를 주선해준 함박눈에게 감사하며 오늘도 건강하시고. 파이팅."

모범사원상

　○○마을 A단지 아파트 미화원으로 입사한지 1년 6개월 만에 상을 받게 되었다. 아무것도 제대로 할 줄도 모르는 나에게 선배님들을 제치고 모범사원상을 선정해주신 반장님과 모든 미화원들에게 미안하고도 감사한 마음이다.

　어느 날 출근해서 모범사원 대상자라는 소식을 전해 듣고 깜짝 놀랄 정도였다. 학교에서도 직장에서도 개근상 외에는 받아본 적이 없는 묻어가는 인생이었는데 너무 뜻밖의 일이라 엄청 기뻤다. 앞으로 열심히 하라는 뜻으로 받아들이고 부족한 부분 더 노력하겠다고 다짐하며 모두에게 제안했다.

　"아무튼 고맙고요. 이번 기회에 우리 미화원들의 친목과 단결을 위하여 점심식사 한 끼 준비하겠습니다."

　서먹서먹하던 미화원들과의 관계를 조금이나마 개선하고 화합에 도움이 되었으면 하면서 대접한 간단한 식사였지만 서로가 '감사합니다. 고맙습니다.' 인사 나눌 수 있는 기회가 되었다. 모두 모범사원상 덕분에 만들 수 있었던 자리였다.

　평소에 짝꿍과도 식사 한 끼 하고 싶은 생각은 있었지만 남여 사이라 입속에서만 중얼거리고 밖으로 표현할 수가 없었다. 그러던 중 이번 기회에 용기를 얻어 눈 딱 감고 점심식사 제의를 했더니 흔쾌히 승낙했다.

일도 중요하고 단합도 중요하지만, 대화의 광장을 마련했고 또 특별히 짝꿍과는 개인적인 식사 약속을 받아낼 수 있어서 이런 기회를 만들어 준 직장이 고마웠다. 짝꿍과 좋은 인연, 좋은 친구로 이어질 수 있는 디딤돌이 되어주었으면 하는 마음이다.

작은 배려를 배우다

연초에 동료들과 오리백숙집에서 식사할 기회를 만들었다. 식사하러 갈 때는 짝꿍과 같은 식탁에서 마주 보며 식사하고 싶었는데 당시 상황이 코로나 1.5단계라 거리두기로 5명 미만의 모임만 허용되었다. 3~4명이 간격을 두고 같은 식당에서 식사를 했다. 식사 중 대화도 할 수 없었고 다른 테이블끼리는 서로 아는 척도 할 수 없었다.

동료들과 맛있게 식사하면서도 마음은 계속 짝꿍 테이블에 가 있었다. 능이오리 백숙에 맛있는 찰밥이 넉넉하게 나왔다. 먹고 남은 찰밥을 포장해 달라지 않고 주방에서 포장지 얻어다 직접 포장하는 짝꿍의 모습을 보고 봉사정신이랄까 이런 것을 느끼며 알뜰하다는 생각이 들었다.

짝꿍이 "찰밥 집에 가져가실래요?" 하기에 "아니요." 했더니 작업장으로 돌아오면서 경비초소에 들러 근무 중인 경비원에게 "식사 안 하셨으면 맛있게 드세요." 하며 찰밥을 전달한다. 그런 모습을 뒤에서 보고 처음 나의 생각과는 전혀 다른 행동하는 것을 보고 '아무나 하기 쉬운 행동은 아닌데…' 하면서 "참 잘 하셨어요." 했더니 "먹고 남은 밥 필요한 사람과 나누어 먹으면 좋잖아요?" 하며 천사 같은 말을 했다.

카톡에서 좋은 글은 많이 접하지만 실제로 행동하기에는 쉽지 않다.

남은 밥 한 그릇이라도 욕심내지 않고 배려하는 모습을 직접 바라보며 마당쇠 마음이 여기까지 미치지 못함을 속으로 부끄러워하며 짝꿍의 배려할 줄 아는 속마음을 배우고 싶었다.

작은 일 하나라도 상대방을 생각하며 타주는 커피를 주로 얻어먹기만 했는데 요즘은 마당쇠가 먼저 커피를 타서 짝꿍에게 대접하기도 한다. 책 한 권 읽는 것보다, 카톡 10번 보는 것보다 작은 행동 하나를 직접 보고 배우는 것이 훨씬 실감나고 좋은 것 같다. 사람이 사랑스러우면 모든 행동이 예뻐 보이듯이 밥 한 공기 배려하는 마음을 들여다보며 짝꿍 덕분에 인생을 다시 배우고 있는 기분이다. 이 마음 변하지 않고 오래오래 실천 가능한 마당쇠가 되도록 노력하고 싶다.

점심 식사

 지난번 어렵게 점심식사 약속을 얻어낸 후 장소 물색을 위해 먹자골목을 한 바퀴 돌아봤다. 웬만한 종류는 다 있었는데 마당쇠가 찾는 해물탕집은 보이지 않았다. 횟집, 어탕집, 고깃집 등등 대충 이야기했더니 점심식사는 어탕집이 좋을 것 같다고 했다.

 10분 정도의 거리였지만 작업장 외부에서는 처음으로 걸어본 것 같았다. 함께 걸으면서 기억에 남을만한 질문 하나를 던졌다. '소확행'이 무슨 뜻인지 '행'이 行인지 幸인지 잘 모르겠다고 했더니 짝꿍은 대답해주었다. '소소하지만 확실한 행복'이라는 뜻풀이 자체가 마당쇠의 마음을 흐뭇하게 만들었다. 평소 마당쇠도 큰 행복보다는 작은 행복을 더 기대하고 있었기 때문이다.

 식사 준비 중에 짝꿍이 콩자반을 젓가락으로 맛있게 먹고 있어 따라 했지만 잘 집히지 않았다. 오히려 콩나물을 집다 보니 한꺼번에 많이 집혀서 "마당쇠라서 콩나물 많이 먹고 더 크려고 하나?"라며 농담했다.

 가마솥 뚝배기에 부글부글 어탕이 나왔다. 식사하면서 여태까지 받은 고마움을 인사치레라도 하려고 했는데 능숙한 솜씨로 이것저것 챙겨주는 바람에 오히려 고마움을 듬뿍 받기만 했다.

오늘같이 추운 날 점심메뉴로는 제격이었다. 시간이 허락한다면 다음에도 기회도 만들어 이렇게 편안히 소통할 수 있다면 좋겠다. 오랫동안 열심히 일하려면 건강도 잘 관리해야 할 것 같다.

이렇게 가족 같은 분위기 속에서 편안하게 식사 잘하고 나니 저물어 가는 노을이 아름답듯이 익어가는 우리 인생길 부담도 책임도 없이 마냥 편안하면 좋겠다는 생각이 들었다. 짝꿍이 이렇듯 고맙고 소중한 존재라는 사실도 나에게는 행복이었다. 오늘의 행복을 삼행시로 표현 해보았다.

소 : 소중한 인생 친구와

확 : 확실하게 마주앉아 정담 나누며

행 : 행복한 마음으로 식사 잘했어요. 감사합니다.

설 연휴

자식들은 부모님, 조상님 모시러 고향으로 가고 부모들은 객지에 있는 자식들 보러 보따리 싸들고 이동하던 귀성문화가 사라졌다. 하루아침에 코로나라는 눈에 보이지도 않는 세균 때문에 온통 세상은 180도로 바뀌어버렸다. 기약도 없이 카톡으로 해결해도 아쉬움조차 찾아볼 수 없을 정도로 익숙해졌다. 집콕, 방콕하면서 연휴를 보낸다는 것이 무척 아쉬웠다.

구름 속에서 달빛을 구경해도 세월은 흘러가고, 가지도 못하면서 고향 잘 다녀오시라 인사하고 가족끼리는 각자 자기 할 일만 하니 옛날과는 다른 세상을 살고 있는 것 같다.

그래도 변함없이 가까이 있는 사람이 있으니 바로 함께 일하는 짝꿍이다. 나는 설 연휴에 산책을 나갔다가 짝꿍이 궁금해 핸드폰을 꺼내 들었다.

'새해 복 많이 받으세요. 세뱃돈 듬뿍 주시고요. ㅎㅎ'

'사랑과 우정이 넘치는 새해, 복 많이 받으시고요.'

'건강하세요. 건강이 최고예요'

'새소리, 바람 소리 한 점 없는 참나무 숲을 지나가니 너무 조용하고 날씨는 좋아요.'

'힐링 즐기시고 즐건 산행되세요.'

　연휴는 가는지 오는지도 모르게 지나가고, 새벽 출근 준비를 하던 중이었다. 며칠 동안 못 본 짝꿍을 생각하며 핸드폰을 만지작거리고 있을 때 우연인지 필연인지는 몰라도 오늘의 좋은 소식을 주는 사람에게서 새벽같이 카톡이 날아왔다.

　'겨울의 끝자락 빨리 봄이 왔으면 하는 마음 오늘도 포근하고 행복한 하루 되세요.'

　'아이구, 일찍 일어나셨넴. 조기 출근하고 있습니다.'

　나는 장미꽃 한 송이 보내고 카톡을 이어갔다.

　'행복한 사람은 늙지 않습니다. 오늘도 행복한 하루 되세요.'

　톡 받고 엄청 반가웠다. 하루하루를 즐겁게 만들어 주는 사람이 짝꿍이라는 것을 느낄 수 있어 항상 즐거운 마음으로 감사드린다.

시골 밥상

　나의 작업능력과 숙련도가 많이 떨어져도 짝꿍은 항상 보듬어주고 위로해주며 서툴면 직접 대신해주기도 한다. 수시로 미안함을 느끼던 중 식사라도 한 끼 대접했으면 하는 생각을 했지만, 감히 입 밖에 꺼내지 못했다. 겨우 작년 연말에 모범사원상 핑계로 짝꿍에게 한 끼 식사를 대접했을 뿐이다. 아마 모범사원상이 없었으면 아직까지도 함께 식사할 기회를 만들지 못했을 것이다.

　하루는 출근 시간에 휴게실에서 짝꿍을 만났다. 짝꿍은 따뜻한 메밀차 한 잔하면서 예약도 하지 않은 것 같은데 갈치전문점 '시골집'에서 점심식사하자고 말했다. 아마 지난번 식사대접에 대한 답례이겠지만 이렇게 먼저 제안해주니 마당쇠야 너무 고맙고 황홀할 수밖에 없었다. '시골집'은 큰 도로에서 조금 벗어나 멋있는 건물에 인테리어가 잘 된 고급 식당이었다. 코로나만 아니면 점심시간에 줄을 서서 기다려야 할 정도로 인기 있는 집이라고 했다.

　상차림이 두 사람이 먹을 식탁 같지 않고 만찬처럼 푸짐했다. 그중에서도 평소에 좋아하지만 자주 먹지 못했던 제주 은갈치가 눈에 쏙 들어왔다. 멋진 '시골집'에서 짝꿍과 식사하는 마당쇠의 마음은 무척 즐거웠다. 이곳에 자주 와야 되겠다며 칭찬도 아끼지 않았다. 머뭇거리며 말 못 하던 마당쇠와는 달리 과감하고 용기 있는 모습을 보여준 짝꿍의 성격이 부럽기도 했다. 식사를 마치고 헤어져 다음날 감사의 마음을 카톡으로 전했다.

'어제 점심 식사라기보다 만찬상을 받은 것 같아요.'

'만찬상이 따로 있나요. 만 원의 행복을 느끼면 감사의 식사가 되는 거징'

'멋진 맛집에 초대해 주셔서 감사합니다.'

2021년은 마당쇠에게 행운의 한 해가 될 것 같다. 지난 연말에는 짝꿍과 카톡을 터서 재미있는 내용들을 주고받으며 하루 일과를 시작할 수 있게 되었다. 수줍어 말 못 하고 머뭇거리던 속마음을 확 터놓을 수 있어서 속이 시원할 정도다. 더구나 짝꿍께서 연초부터 식사 초대를 해주셨으니 너무 고맙고 마음 설레었다. 이보다 더 큰 행운 어디에도 없을 것이다. 고맙고 감사하다. 오늘도 건강하고. 파이팅!"

자연 사랑

봄을 가장 먼저 알리는 쑥과 달래, 냉이를 찾아 마음 설레며 나물 캐던 봄 처녀는 이제 볼 수 없고 논두렁, 밭두렁에서 자연과 함께하며 수다 떠는 할머니들뿐이다.

매화나무가 벌거숭이 가지에서 싹을 틔우기 시작했다. 짝꿍은 잘 보이지도 않은 작은 꽃송이를 손가락으로 가리키며 자연의 섭리를 전달해주었다. 꽃이 활짝 필 때까지 신기한 눈으로 매일 쳐다보던 그 모습이 잊히지 않는다.

잡초 제거작업 중 이쁜 들꽃이 있으면 자리 옮겨 심어놓고 보호하며 즐거워하는 모습, 버려진 화초 챙겨 함께 작업해서 이쁘게 단장해주면 며칠이면 빵긋빵긋 웃는 모습 바라보며 "발견한 마당쇠가 좋으냐, 심고 가꾸어준 짝꿍이 더 좋으냐?" 하며 대화하고 있노라면 세상이 더 밝아 보인다.

어려울 때 도움이 필요한 인간의 세계나 식물의 세계도 다를 바가 없다. 비록 메마른 환경 속에서 노동하면서도 길가의 흔해 빠진 잡초들까지도 그냥 잡초로 보지 않고 사랑스런 생명체로 바라보던 짝꿍. 자연을 사랑할줄 아는 짝꿍과 함께 일하면 지켜보는 나에게도 많은 즐거움과 행복감이 다가온다.

나는 저절로 자연사랑, 가족사랑, 이웃사랑에 대한 폭이 넓어졌으며 언어도 부드러워졌다. 사물에 대한 부정적인 생각을 덜 하게 되었고 다시 어린이로 돌아가는 기분이 들기도 한다. 자연사랑 덕분일까? 나도 잘 모르지만 미화작업에서 맺어진 인연 자연사랑과 우정으로 오랫동안 기억하고 싶다. 그리고 항상 좋은 생각과 즐거운 마음으로 열심히 일하려고 노력하고 있다.

살아난 양키캔들

작업 중 짝꿍이 알 수 없는 램프 같은 것을 발견하고 "야! 이거 이쁘다." 해서 확인해보니 전구가 빠져 있었다. 일반 전구는 아닌 것 같았다. 끼우는 자리부터 달랐다.

가까운 만물상회에는 맞는 게 없어서 전기부품 판매점을 찾아가서 모양을 설명했다. 모양만으로 안 된다고 해서 즉시 카톡으로 이름을 알려달라고 했더니 바닥에 엄청 긴 이름이 있었다. 요약하자면 그 램프는 '양키캔들'이었고 필요한 건 할로겐전구였다. 크기와 색상의 종류가 많으니 실물을 가져와보라 했다.

다음날 퇴근길에 짝꿍에게서 카톡이 왔다.

'할로겐전구 잊지 마세요.'

'잘 모시고 가고 있습니다.'

정말 여러 종류의 모양과 색상이 있어 마음에 드는 것을 골라 끼워보았다. 일단 불이 들어와서 고장이 아닌 것을 확인하고 구입한 할로겐전구 사진과 함께 짝꿍에게 카톡을 보냈다. 답이 없어 전화까지 했으나 답이 없었다.

평소 카톡 하면 10분 이내로 답이 오곤 했는데 3시간이 지나서도 답이 없어 노파심에 걱정되었다. 저녁식사가 끝나고 식탁에 멍하니 앉아

있으니 딸아이가 아빠 어디 아프
냐고 했다. "아니, 몸살기가 약간
있어." 하고 있을 때 전화벨이 울
렸다. 반가운 전화였으나 가족들
앞에서 "그냥 물건 잘 샀어요. 내
일 가져갈 게요." 했다.

카톡으로 답했다.

'6,000원'

'엄청 비싸넹. 아껴 써야긋다.
ㅎㅎ 감사합니다.'

다음 날 아침 일찍 출근해서 이
쁘게 사진 찍어 카톡으로 보냈다.

'너무 이뻐서 내가 갖고 싶은디, 어떡하지?'

'사용하시다 싫증나면 가져오세용. 울지 말고 웃으면서 빨리 와요.
드릴 테니.'

걱정 후에 싱글 생글 웃으며 휴게실로 들어온 짝꿍. 말은 못 해도 무
척 반가웠다. 짝꿍은 연분홍 불빛을 보더니 "야 이쁘다!" 하며 어린아
이같이 환하게 웃었다. 천진한 모습으로 밝게 웃던 그 모습, 오래오래
기억해서 먼 훗날 추억이 될 것 같다.

임자 잘 만난 재활용품. 호기심 갖고 살리기 위해 노력한 결과 이쁜
불빛을 발한다. 원래 용도에 맞춰 다시 이쁜 램프로로 돌아왔다. 마당
쇠가 짝꿍에게 카톡을 했다.

'고철 덩어리가 보석되어 새 주인님 마음을 환하게 밝혀주네요.'

'허허 별것도 아닌 것을 갖고… 짝꿍, 복 많이 받을 거. 집 나온 화초도 살리고, 고철도 살리고…'

'누구나 다 할 수 있는 일이랍니다.'

새 생명으로 탄생한 등을 바라보며 둘이서 기뻐하는 모습. 양키캔들을 근거리에 두고 사용할 주인보다 심부름꾼이 더 기쁜 마음이었다.

가족 외출

며칠 전 짝꿍 가족이 일산호수공원에 다녀왔다며 가족사진을 보여 주었다. 이번 주말에 마당쇠 가족들도 나들이 계획이 있지만 나는 잘 따라 다니지 않는다고 했더니 "왜 가족과 같이 다니지 않고, 외톨이로 남느냐."고 했다. "나이 들수록 움직일 수 있을 때 가족과 함께하는 것 이 좋고 함께해서 손주들에게 맛있는 것도 좀 사주고 하면 할아버지 좋아할 텐데…" 보통 하는 말이지만 너무 고마웠다.

토요일 오후 인천자유공원을 지나 시흥시에 있는 시화나래공원에 갔다. 바다가 내려다보이는 전망대에서 사진도 찍고 오래간만에 온 가 족이 함께 활짝 웃기도 했다. 전망대에서 내려와 스테이크하우스에서 바다를 바라보며 칼질도 해보았다. 다음 날 아침 사진과 함께 짝꿍에 게 카톡을 보냈다.

'어제 외출. 가족 총출동했어요'

'어, 바다도 보고 잘 다녀오셨어요?'

이렇게 메마른 가슴에 단비를 뿌려주듯 말 한마디, 한마디가 마당쇠 의 마음을 움직이게 해주었다. 요즘은 같이, 함께라는 생각을 자주 하 며 아내와 둘레길도 같이 걷고, 마트에 함께 갈 때도 있고, 떡볶이집까 지 같이 다니며 가족의 사랑을 한껏 느끼고 있다.

5월 5일 어린이날에는, 40여 년 전 신혼여행으로 다녀온 민속촌을 손주들과 함께 다녀왔다. 그 당시의 풍경은 거의 느낄 수 없었고, 온통 먹거리 세상으로 바뀌어 있었다. 손주들과 같이 놀이기구도 타 보았다. 막내 손주는 "할아버지 괜찮아?" 하며 걱정해주기도 했다. 짝꿍에게 막냇손자 하람이 백마 타는 사진을 전송했다.

'어제 민속촌 가셨나 봐요.'

'우리 가족 나들이.'

'잘 다녀오셨습니다.'

이렇게 조금만 방향을 돌리면 새로운 것이 보이고 조미료만 들어가도 없던 입맛이 다시 돌아오듯 옆에서 따뜻한 충고 한마디가 황혼의 인생길에 윤활유 역할 톡톡히 하는 것을 알게 되었다.

"짝꿍. 고마워유. 앞으로 더 좋은 조언 부탁드려유. 마당쇠가."

봄꽃

올봄은 꽃샘추위와 일교차가 어느 해 보다 심했고 봄비도 자주 와서 자연이 주는 고난도 훈련에 고초와 역경을 이기느라 꽃봉오리들이 고생을 많이 했다. 마당쇠는 휴일이면 오봉산 산행을 즐긴다. 짝꿍에게 카톡도 만들어 보내기도 하고 휴일 아침의 즐거움은 여기서 시작되는 것 같았다. 오늘은 미세먼지가 심했다.

'오봉산 정상인데 구름이 태양을 삼켰어요.'

'정말 그러네요. 밖에 안개가 자욱하네요.'

'보내준 따뜻한 커피 맛있게 먹었어요.'

'헉, 안전 산행하세요.'

며칠 전 작업 중, 앙상한 가지에서 노오란 꽃봉오리 맨 먼저 내밀어 보이는 매화나무를 쳐다보며 "저것 봐요 이쁘죠?" 하며 기뻐하는 짝꿍의 모습에 무뚝뚝한 내 마음도 함께 동화된 적이 있었다. "그래요. 참 이쁘네요." 했다. 등산로 좌우에 피어있는 진달래꽃, 이슬을 잔뜩 먹어 오동통한 꽃송이들도 인적 없는 등산로에서 나를 보며 많이 반가워한다.

'진달래꽃 나를 보고 방긋방긋 웃고 있어요'

'와우, 활짝 피었네요. 이쁘다 진달래꽃. 안전 산행하시고요'

얼마 후 다시 진달래꽃 찾았더니 꽃잎은 시들었고 몸은 움츠린 채 간밤에 많이 울었던 흔적이 보였다. 진달래꽃 바라보며 내 모습을 생각하니 서로 비슷해 보였다.

'시들고 웅크린 진달래꽃 바라보니 슬프네요.'

'슬프긴 뭐가. 상쾌한 공기 듬뿍 마시면서…'

'사진도 글씨도 어설프지만 이쁘게 봐주세요.'

'어설픈 게 누꼬. 누구나 다 그런 겁니다.'

항상 희망을 북돋아 주는 짝꿍. 인적이 드문 등산길 짝꿍과 카톡으로 대화하는 이 시간이 정말 행복하다. 오래도록 좋은 추억거리가 될 것 같다.

꽃길

  작업장 근처에서 아름답게 핀 벚꽃들. 비바람에 꽃잎이 눈 오듯이 떨어지는 모습을 바라보면 꽃보다 더 이뻐 보여서 짝꿍에게 벚꽃과 함께 모델이 되어 달라고 부탁하다 거절당했다. 어쩔 수 없이 아름다운 벚꽃길 사진으로 카톡을 만들어 보냈다.

  '헉. 글씨가 넘커서 이쁜 풍경이 가려졌네요.'

  산행 준비를 하고 있는데 오래간만에 짝꿍이 먼저 카톡을 보내왔다.

  '오늘은 비 모닝이에요.'

  '멋진 인생 비, 바람 즐겁게 맞이해서 오늘도 즐거운 하루 되세요.'

  '감사합니다.'

  등산로 입구에 들어서자 아카시아 꽃이 비바람을 이기지 못해 소리내어 엉엉 울고 있었다. 그러면서도 마당쇠에게는 꽃길을 만들어 주었다. 옆에는 아카시아 꽃을 약이라도 올리듯 고개를 반듯이 세운 산딸기가 기지개 켜며 나에게 미소를 지었다. '자연이 하는 일을 누가 탓할수 있을까. 보고 속만 터지는 거지.' 불청객이 아카시아 꽃길을 걸으니 꽃에게 미안하기도 해서 꽃길과 산딸기를 이쁘게 동영상 찍어 짝꿍에게 보냈다.

  '운치 있게 비도 내리고 하얀 꽃길이 당신의 앞날을 축하해 주듯이

쫘악~ 펼쳐져 있네요. 사뿐이 즈려밟고 안전 산행하세요. ㅋㅋ'

　"꽃아 누구도 원망하지 마라. 비는 너에게 양식을 제공하고 깨끗이 목욕도 시켜주잖니. 이보다 더 좋은 친구 있으면 나와 보라 그려." 하면서 정상에 오르니 비는 조금씩 그쳐갔다.

천연기념물

마당쇠가 제일 부러워하는 것이 내 목소리 한번 낼 수 있는 용기였다. 초등학교 때는 애국가도 제대로 못 부르고 학교생활에서는 교가도 못 부르는 사람. 직장생활에서도 마찬가지, 야유회에서 오락시간이면 가슴이 두근두근, 훈련받을 때는 군가 하나 제대로 못 불렀다.

결혼식 때는 처 할머니와 처 외할머니께서 맛있는 음식 챙겨주시며 "손주 사위 많이 먹어." 하시며, 가족들이 먹고 즐기느라 노래 안 하고 운 좋게 넘어갔다. 산악회 관광에서는 옆 좌석의 가족이 대신한다든가 아니면, 뒷좌석에 숨어서 졸고 있고, 조카 결혼식 때 노래 지명 당해 불렀는데 반쯤 지나서 사회자가 강제로 중단시키고 "이것은 벌금 감이다."라고 한 적도 있다.

산악회 관광 중 후배 한 명은 내게 천연기념물이라며 핀잔주기도 했다. 유흥에 취미도 없는 데다 너무 빡빡하게 살아와서 그런지 다른 방면의 사회생활에는 별 불안감 같은 것이 없는데, 늘 음악(오락) 시간에만 불안감이 생겨 안절부절못했다.

회사 생활은 거의 쫓겨나다시피 정년을 마치고 제2의 직업, 경비원으로 근무하며 야간근무 중 노래가사 몇 개 적어서 밤중에 미친 사람같이 고함지르며 겨울을 넘긴 적도 있었다. 어느 해 연말에 전직 동료들과 소주 한 잔하고 노래방 갔더니 "야 너, 노래 많이 늘었네." 했다. 이때부터 조금씩 음정, 박자는 안 맞지만, 노래방에서 고함 정도는 지를 수 있었다.

어디 모임에서 노래시키면 안절부절못하는 모습은 조금씩 사라지고 못 불러도 마이크 잡고 시도를 할 수 있으니 마음이 편안해졌다. 이런 이야기를 미화작업 중 짝꿍에게 했더니 "못하는 것일수록 가까이하면 가능해진다."고 하며 나를 위로했다.

못하는 것일수록 가까이

짝꿍에게 노래를 너무 못한다고 했더니 못하는 것일수록 가까이하면 가능하다고 했다. 그래서 나는 좋은 친구를 생각하며 유진표의 '천년지기' 노래를 계속 들었다. 이후에 짝꿍에게 부르기 쉬운 노래를 한 곡 선곡해달라고 했더니 즉석에서 남진의 '파트너'를 골라 주었다. 연습하기 위하여 라디오 노래책을 찾았더니 제목은 있는데 녹음이 잘못되어 다른 노래가 들어 있었다. 짝꿍에게 이야기했더니 짝꿍도 고장난 라디오를 갖고 있었다.

서울 청계천까지 가서 녹음이 제대로 된 칩 하나를 구입했다. 고장난 라디오를 갖고 있는 짝꿍이 생각나서 선물하기로 하고 한 세트 더 구입했다. "짝꿍에게 주려고 선물 하나 샀는데 스무고개 식으로 맞춰보라." 했더니 처음에는 웃으면서 "금이겠지? 아니야. 금보다 더 좋은 것. 그러면 라디오인가?" 하면서 단 두 번 만에 맞춰버렸다.

반복해서 '파트너' 가사가 외워질 때까지 들었다. 일요일 아침, 비도 내리고 바람도 불었다. 우산을 받쳐 들고 오봉산 둘레길을 출발했다. 날씨 탓으로 혼자 걷고 있으니 나에겐 정말 좋은 기회인 것 같았다. '파트너' 노래를 소리 높여 부르며 정상에 오르기 시작했다.

좌우에 누워계신 영혼들이 마당쇠 노래를 듣고 잠에서 깨어나 기뻐하시는 것 같았고 하늘에서는 빗소리와 바람 소리를 내 노래에 맞추어 박수치시고 양쪽에 늘어선 앙상한 나무들은 가지를 흔들며 마당쇠를 위로해 주었다. 미친 사람같이 연속으로 고함지르며 내려오는 길에 짝꿍에게 카톡을 주고받았다.

'주고 싶은 것은 사랑이고, 받고 싶은 것은 건강입니다.'

'행운의 문을 활짝 열어 놓았습니다.'

비 오는 날 혼자 산에 오르면서 영혼들과 자연과 마당쇠가 한 덩어리가 되었다. 외롭고 쓸쓸하지 않게 올라갈 수 있었던 용기는 '파트너'라는 노래 연습 때문이었다. 짝꿍이 없었지만 함께 산에 오르는 기분으로 비를 맞으면서도 아주 즐거운 휴일 아침이었다.

용기

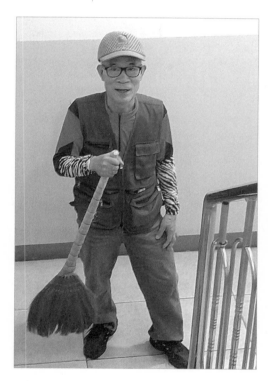

엉터리 노래지만 짝꿍에게 한번 들려주고 싶었다. 요즘 코로나 때문에 노래방 출입은 못 하긴 하지만, 나중에 노래방 가서 한번 들려주겠다고 했더니 노래방은 좋아하지 않는다며 싫다고 했다.

음치의 답답함을 털어 보이고 싶은 생각으로 짝꿍에게 전달해서 웃으며 박수치는 모습 보고 싶었다. "속으론 비웃으며 헛 박수를 쳐도 좋다."며 기회를 만들어 보기 위해 시간을 요청했으나 짝꿍은 번번이 선약 때문이라며 거절하였다. 또 다른 방법을 찾느라 여러 가지 생각 끝에 일단 작업공간 안에서 실행계획을 세웠다.

근무지, 놀이터에도 좋은 곳은 많지만, CCTV와 주민 왕래가 잦아서 최종적으로 선택한 곳이 계단이었다. 청소 끝나고 지하 2층 계단에서 하기로 약속했다. 용기를 한번 얻기 위해 모든 자존심을 다 팽개치고 나의 현 실정을 보고 싶었다. 나는 짝꿍에게 처음에 마음 설레임 같은 것도 있었는데 요즘 부끄러움과 수줍음은 거의 사라지고 아주 가까운 친구 같은 생각이 들었다.

계획대로 지하 2층 계단에서 관객 1명을 모시고 '천년지기'와 '파트너'를 연속으로 불렀다. 박수를 받았는지 못 받았는지는 기억에 없고, "박자와 높낮이는 맞지 않지만, 가사를 열심히 연구해서 본인의 노래로 만들면 충분히 잘 부를 수 있을 것 같다."고 한 짝꿍의 촌평은 기억에 남아 있다.

참 부끄럽고 미친 짓인 것 같기도 하지만 하고 싶은 생각을 부족한 부분은 짝꿍에게 직접 보여준 것이 자랑스럽고 이 행동으로 인해서 큰 용기를 얻은 것 같다. 미친 짓 같지만 이런 방법으로라도 용기를 얻고 싶었던 것 같다.

탁구

점심시간이 끝나기도 전에 짝꿍이 탁구장 청소를 하고 있었다. 탁구장 구경 겸 한번 들어가 봤다. 탁구라켓이 눈에 들어와서 만지작거리고 있으니 짝꿍이 "탁구 잘 치세요?" 했다.

옛날에 라켓 만져본 기억은 있어도 배운 적은 없다고 했더니, 짝꿍은 주민센터에서 조금 배웠다고 했다. 탁구는 건강도 챙기고 취미생활도 할 수 있어 특히 실버들에게 좋은 운동이라고도 했다.

짧은 시간에 배워서 잘 치지는 못해도 기초 운동에는 많은 도움이 되었다는 짝꿍은 점심시간에 몇 번 연습했으나 실제 행동이 따라 주지 못하는 것 같았다. 나는 짝꿍의 말이 귀에서 사라지기 전에 바로 탁구장을 찾아 연습에 들어갔다. 탁구 코치는 자세가 잘 나오지 않는다고 큰소리로 반복하여 외치고는 "어르신, 죄송해요." 했다. 그렇지만 사실이었으니 "괜찮아요, 섭섭하게 생각하지 않습니다."라고 할 수밖에 없었다.

3개월 정도 지나니 라켓은 겨우 잡을 수 있었다. 일터에서 짝꿍과 몇 번 연습했는데 나중에는 "헉-, 탁구 많이 늘었구먼." 하면서 칭찬했다.

탁구장에서 만난 이웃사촌과 연습하면서 대화를 나누었다. 시작한 지는 3개월 정도, 나이는 53년생이라 했더니 "늦은 연세에 시작한다는

것은 정말 힘들었을 텐데 배우라고 권유해 주신 분도 참 고마우신 분 같네요." 하며 칭찬했다.

작업 중에 짝꿍에게 칭찬 소식을 전했더니 "별것도 아닌 것을 가지고…" 하며 싱긋이 웃는다. 기초 교육을 받으면서 너무 동작이 느려 코치에게 지적 많이 받으면서도 건강관리를 위해 열심히 하고 있다. 지금도 항상 탁구라켓을 가지고 다니면서 점심시간에 시간이 허락하면 언제든지 할 수 있다는 생각으로 희망의 짐을 가지고 다닌다.

자연과의 대화

땀방울을 흘리며 일한다는 것은 즐거움이자 행복이다. 짝꿍과 땀 흘려가며 궂은일, 허드렛일 구분 없이 하면서도 항상 즐거운 마음으로 서로 존중하며 재미있게 하다 보니 세월은 저절로 흘러간다. 힘든 노동이라는 생각은 사라지고, 좋아하는 사람과 오늘도 데이트하러 간다는 희망적인 생각을 갖고 일에 임하니 하루가 금방 가버린다.

짝꿍에게 혼자 일하는 날은 왠지 허전하고 짝 잃은 기러기처럼 외롭고 쓸쓸함을 느낀다 했더니 "외롭긴 뭐가- 아름다운 자연을 감상하며 신선한 공기 듬뿍 마셔가며 하늘, 땅, 나무들과 대화해봐. 그보다 더 좋은 것이 어디 있어." 한다. 나는 자연의 변화를 카톡에 담아 보내기도 했다.

'밤꽃 향기 따라갔더니 밤꽃은 지고 벌써 밤송이가 달렸어요.'

'헉. 이것이 세월 유수랍니다.'

아름답고 향기 나는 꽃도 오래 머물지 못하고, 꽃과 향기는 사라져도 흔적은 남아 있다. 과일은 익어갈 때가 이쁘고 활엽수는 단풍이 이쁘다. 마당쇠와 짝꿍이 오랫동안 함께 일하다 보니 어느덧 잘 익어가는 과일같이 이뻐 보인다. 마음속에 사랑과 그리움이 생겨났기 때문이리라. 이렇게 우정으로 맺어진 인연, 그리워하며 사랑하는 것이 죄는 아닐 것이다. 짝꿍의 "자연을 사랑하며 대화하면서 생활하라."는 말. 얼마나 성숙되고 사랑이 넘치는 말씀이었던지 요즘 마당쇠도 많이 변해가고 있다.

쩍꿍은 꽃 한 송이 보고도 "이쁘구나, 귀엽다." 하며 사진 찍어주면 방긋이 미소 지어 보이며 반가워한다. 늘어진 고목은 그늘을 만들어주고 넓고 평편한 바위는 휴식처를 제공하며 자연은 우리에게 무한정 사랑을 베풀어준다. 사람도 사랑하고 그리워하다 자연으로 돌아가리니, 미워도 미워하지 말고 서로 사랑 많이 해주기 바랄뿐이다. 자연을 사랑하는 마음으로 마당쇠를 사랑해주기 바라는 것이 욕심일까?

질투

재활용 작업 중 수집한 손목시계, 짝꿍이 필요했던지 "이거 고장은 아닌 것 같은데?" 하며 이쁘다고 했다. 퇴근 시간에 무엇인가 주기에 받았더니 시계 약 좀 갈아달라 부탁했다. 저녁 시간이 다 되어갈 무렵 시계 약 좀 갈아오겠다며 시계방을 찾았으나, 맞는 약이 없어 맡겨놓고 오는데 시계방 주인의 전화가 왔다. 맡길 때는 몰랐는데 시계 유리가 깨진 것 같다며 다시 시계방으로 가서 확인하니 찍힌 흔적이 있었다. "이 정도는 괜찮아요. 시계 약만 갈아서 잘 가면 됩니다." 했다.

짝꿍의 심부름 다녀오는 것을 알고 있던 가족이 저녁 식사 끝났다며 나 혼자 밥상을 차려 주었다. 그때 딸내미가 아직 찌개 덜 되었으니 조금만 기다리라고 했다. 나는 "먹을 것이 있으면 챙겨주기도 한다."면서 평소에 짝꿍이 잘해준다고 집에다 자랑을 많이 했다. 그럴 때마다 들는 둥 마는 둥 하더니 오늘따라 잔심부름 시킨다고 질투를 하는 것 같았다. 상대방이 미워서라기보다 부러움의 질투인 것 같았다.

바른말해서 질투하는 것이 거짓말해서 질투 안하는 것보다 좋지 않을까? 너무 순진하게 살다 보니 생긴 일 감사하게 생각하고 앞으로는 작은 부러움의 질투심도 생기지 않도록 말조심해야지. 새 약을 넣고 깨끗이 닦아서 보니, 흠집은 거의 보이지 않고 반짝반짝 새 시계 같았다. 시계 사진과 함께 짝꿍에게 카톡을 보냈다.

'이 시계 너무 이쁘다.'

'와, 시계 찾으셨네요. 감사. 수고하셨습니다.'

'안주면 어쩌려고 감사부터 먼저 해요.'

'헉. 헉.'

다음 날 시계 만져보고 기뻐하는 모습에 나도 즐거웠다. 중고품 시계일망정 짝꿍에게 직접 채워주며 "가족에게도 하지 못한 행동을 했구면…" 했더니 "옛날에 누가 시계 채워줘서 반지 끼워줬지" 하면서 웃었다. 짝꿍은 긍정적인 생각으로 신품이든 중고품이든 적재적소에 잘 사용한다. 근면, 검소, 절약 정신이 투철한 것 같아 이 또한 배울 점이라 생각했다.

좋은 일 하다 싫은 소리 조금 듣는 거 괜찮다는 생각이 들었다. 앞으로도 심부름 많이 시킬수록 즐거운 마음으로 할 생각이다.

무지개

장마 때는 마른장마로 비가 오는 것인지 마는 것인지 하더니 무더위와 함께 벼락, 천둥을 치며 지나가는 소나기가 내렸다. 다음 날 짝꿍이 무지개 사진을 보내왔다.

'어제 무지개 보셨나요?'

'오늘 엄청 좋은 일이 생길 것 같은디.'

'그럼 조오치여~ ㅎㅎ'

한 강아지가 마당쇠보고 어찌나 재롱을 부리던지 강아지를 이뻐해 주었더니 강아지 주인아주머니께서 음료수와 군고구마를 참으로 드시라며 가져오셨다. 이를 본 짝꿍이 "하나라도 나누어 먹어야지." 하면서 가까이에서 일하고 있는 동료 직원들과 한자리에서 나누어 먹었다. 삼복더위 속에서 뜨끈뜨끈한 군고구마 먹는 맛이 더욱 새로웠다.

서울의 기온이 36℃까지 오르내리는 중복 날. 얼굴에 땀방울을 흘려 가며 작업하고 있을 때 얼굴도 모르는 80대 할머니께서 "아저씨, 다른 것은 아무것도 줄 것이 없어요. 이것이라도 좀 드시고 하세요." 하시면서 꽁꽁 얼려온 생수를 건네주셨다. "나는 한 모금 마셨으니 그냥 다 드셔도 된다."고 하셨다.

할머니는 더운데도 일부러 나오셔서 마당쇠에게 생수를 주고 가셨다. 오늘 마당쇠 때문에 조금 더 고생하셨을 것 같다. 강아지 재롱 덕분에 음료수와 군고구마를 즐거운 마음으로 제공해주신 강아지 엄마도 너무 고맙다. 한 개라도 같이 나누어 먹어야겠다는 나눔의 마음을 가진 짝꿍이 더 이뻐 보이는 것은 물론, 생명수 같은 생수를 주고 가신 팔순의 할머니 모두가 마당쇠에게는 오늘의 천사로 보였다.

생수 한 병, 고구마 한 조각으로 이렇게 기쁨을 맛보고 즐겁고 행복한 마음이 생길 줄이야. 노동하면서 얻은 작은 행복 오래오래 잊지 않고 추억으로 생각하며 더 큰 행복으로 만들어 갈 생각이다. 생수를 건네주신 할머니 덕분에 오늘 많이 행복했다. 더욱 건강하시고 오래오래 즐거운 인생 즐기셨으면 좋겠다. 항상 이렇게 마당쇠를 사랑해주신 여러분에게 무한 감사할 뿐이다.

여름휴가

　연일 뜨거움이 계속되는 삼복더위 속에 짝꿍은 올해 여름휴가 계획
은 잘 세웠는지 궁금했다. 마당쇠는 2주 전에 동생 회갑이 있어 겸사겸
사 살짝 고향을 다녀왔다. 정작 휴가 때는 코로나로 고생하시는 분들
과 극복을 위해서 노력하고 계신 분들을 생각하며 조금이라도 협력하
는 마음을 되새겼다. 혼자 조용히 마을 뒷산 둘레길이라도 걸을 수 있
어서 행복했다.

　코로나 4단계까지 올라갔으니 손자들은 방학 중에 학원도 못 가고
선풍기, 에어컨 앞에서 할머니와 매일 싸우듯이 하루하루를 보내고 있
지만 마당쇠와 짝꿍은 카톡으로 여름휴가를 즐길 수 있었다.

　'소박한 바램은 그저 건강이고 무탈입니다. 휴가 동안 건강 잘 챙기
시고 즐거운 휴가 되세요.'

　'코로나 탈출 위해 백신 잘 맞으시고요. 편안한 하루 되세요.'

　'헉, 감사합니다.'

　'백신 주사 맞고 많이 울었지여?'

　'헉 잉잉잉'

　'웃음꽃 피우며 카톡 오는 것 보니 잘 이겨 내셨네요.'

　'팔 조금 아파요.'

'많이 움직이지 마세요.'

'헉, 일 잘하는 땡땡이?'

'진통제 없이 잘 넘겼어요?'

'강 타이레놀 미리 먹고 자고 했는데…'

카톡을 주고받으며 여름 휴가 보내던 중 직장에서 소방안전교육 있다고 연락이 왔다. 소식 중에 아주 반가운 소식이었다.

'소방안전교육 땜시 와서 함께해도 되겠당. ㅎ'

올봄 주민께 대접받은 대추차를 쉼터에서 나누어 먹던 생각이 나서 짝꿍에게 카톡을 보냈다.

'2시경 따끈따끈한 대추차 들고 휴게실로 갈게요.'

'헉, 넹.'

기대가 컸던 만큼 실망도 컸다. 삼복더위에 커피숍 가서 따끈따끈한 대추차를 찾으니 있을 리가 없다. 커피숍 주인이 "가을에 오세요." 한다. 어쩔 수 없이 빈 손으로 가게 되었다. 나는 여름에도 차가운 것보다 따뜻한 것을 좋아하는 편인데 다행히 대추차는 아니어도 맛있는 커피믹스를 마실 수 있었다. 며칠 만에 먹으니 대추차 못지않게 맛있었다.

휴가 마지막 날, 어쨌거나 며칠 동안 집콕했으니 콧바람이라도 씌어야지 하며 여주에 있는 세종대왕 영릉으로 산책길을 택했다. 가족과 함께 갔으면 했지만, 모두가 거절했다. 짝꿍에게 카톡으로 현황을 보고했다.

'오늘 세종대왕님 뵈러 갑니다.'

'헉, 영접 잘하고 오세용.'

구름이 태양을 가렸는지 후덥지근한 날씨에 빗방울은 오락가락해도

시원한 느낌은 없고 머리와 등줄기에는 땀만 쏟아진다. 생각대로 코로나 때문에 세종대왕문화관은 개방하지 않고, 산책길만 개방되어 있었다. 아무리 좋은 환경일지라도 코로나와 찜통더위는 비껴가지 않았다. 영릉의 아름다운 잡목과 아름드리 적송들에 둘러싸여 재실, 홍살문, 왕의 숲길, 영릉 이렇게 자연과 문화재가 잘 어우러져 있었다.

그런데 재실 속에는 집만 덩그러니 있고 나무 텃밭이 없어서 옛날 그 모습인지는 몰라도 너무 허전하게 보였다. 영릉은 나지막한 산으로 둘러싸여 아름다운 풍경을 이쁘게 끌어안고 있었다. 정작 촬영하고 싶은 곳은 영릉인데 가까이 접근할 수 없어서 아쉬움을 느꼈다.

세종대왕 업적 전시공원에는 대왕님의 발명품뿐만이 아니고 넓은 들판 위에 자생하는 식물들과 자연환경이 잘 조화를 이루고 있었고 중간 중간 휴식공간과 쉼터도 잘 정리되어 있었다. 넉넉한 시간에 신선한 공기 듬뿍 마셔가며 대왕님의 동상 앞에서 하루빨리 코로나 물러가게 하여주시고, 마스크 벗게 해달라고 빌기도 했다.

'세종대왕님, 짝꿍과 함께 초대해주세요 하고 빌었어요.'

'세종대왕도 코로나 땜시 집합금지라고 안 통한답니다.'

어쩜 좋을까. 코로나 빨리 물러갈 때를 기다려야지. 암튼 손자들과

같이 가족 단위로 갈 수 있었더라면 역사 설명도 해주고 손자들에게
인기가 있었을 텐데 좀 아쉬운 외출이었다.

호기심

세월은 유수와 같아서 돌이킬 수 없다. 인생이 변곡점을 지나, 하향 곡선을 지나고 있으니 마음만 바빠진다. 산을 오를 때는 힘들고, 하산 할 때는 쉬울 것 같던 것도 생각뿐이고, 오를 때나 내려올 때나 힘든 건 마찬가지인 것 같다.

인생 여행을 하면서 하고 싶은 것들 많았지만 기회를 많이 놓쳤다. 늦게라도 시작해보려고 마음 문 살짝 열고 조금씩 시작해도 마음뿐이고 행동이 따라주지 않는다. 컴퓨터 배우려고 시작했지만 조금 시간이 흐르니 머리가 멍하여진다. 길 잃은 사슴처럼 멍하니 먼 산 바라보며 '내가 여기서 뭘 하고 있지?' 하고 생각하게 된다. 시대의 변화에 따라 생활필수품 같은 운전면허증도 노력해서 취득은 했지만 인지능력이 느려 다람쥐 쳇바퀴 돌듯이 항상 초보를 면하기 어려웠다.

길어지는 실버시대의 건강관리를 위하여 무엇이든 하나 해야겠다는 생각은 있어도 무엇부터 어떻게 시작해야 될지 막막하다. 시작이 반이라는 속담은 알고 있어도 늘 시작점을 찾기가 쉽지 않았다. 가족과 산행도 해보고, 농업기술도 배워보고 했지만 모두가 어려울 뿐이다. 그래도 산행은 1차로 가족이면 가능하고, 2차로 함께 할 분들을 찾기가 쉬웠다.

변곡점을 지나고 보니 확실하게 하고 싶은 것도 많아지고 보는 것도 더 아름다워 보이고, 나도 할 수 있을까? 하면 되겠지? 하는 생각이 머리를 자주 스친다. 늦게나마 마당쇠 같은 사람이 필요한 곳에서 믿음직한 짝꿍을 만났다. 전화, 문자 받기만 하던 스마트폰 사용법도 몇 가지 배워서 잘 사용하고 있다. 탁구 치는 모습을 보고 나도 배워야겠다는 생각으로 당장 시작은 했지만, 체력의 한계를 느껴 이제 조금씩 연습하고 있을 뿐이다.

요즘 흔해 빠진 청바지. 많은 사람들이 입고 다녀도 입어보고 싶은 생각은 하지 못했다. 짝꿍이 출퇴근 때와 작업할 때 자주 입고 있는 모습이 이뻐 보였다. 그때부터 청바지가 마당쇠의 눈에도 보이기 시작했다. 어느 날 짝꿍처럼 청바지 한번 입어보고 싶다는 호기심이 생겼다. 한편으로는 혹시나 주민들에게 웃음거리가 되지나 않을까 걱정하는 마음도 없지는 않았다. 조금 작은 재활용 청바지가 나와서 짝꿍에게 보여줬더니 "아! 이거, X 메이커야. 나에게 딱 맞을 것 같아." 하며 바로 갈아입고 나왔다.

"마당쇠 옆에서 이쁘게 청바지 입고 계신 분 누구세요."

"몸의 완성은 얼굴이야. 누구긴 산타 할매지."

짝꿍이 옷을 골라 입는 방법을 보면 재활용 옷을 입어도 아주 고급스러워 보이고 고가의 옷인 것처럼 맵시가 있어 보였다. 나는 평생 청바지 입을 생각을 해본 적도 없었고, 가족들이 입고 다녀도 별 관심이 없었다. 그런데 짝꿍이 이쁘게 입고 다니니, 마당쇠의 눈에도 이뻐 보였다. 세월이 변하고 있는 것일까. 젊어지고 싶은 생각인지 짝꿍을 너무 이뻐해서 인지 정답은 있겠지. 나도 몸에 맞는 청바지를 가위로 쓱싹 쓱싹 잘라서 반바지로 만들어 입었다. 처음에는 조금 어색해보였지만 시원하고 편해서 좋기만 했다.

"마당쇠. 청바지 입은 모습 어때요."

"못생긴 얼굴. 어디 가나요."

마당쇠가 봐도 그다지 멋지진 않지만 편안함을 느낄 수 있었다. 가족들의 설득력보다 짝꿍의 이야기가 머리에 쏙 잘 들어온다. 청바지를 통해서 마당쇠의 마음이 변해가는 모습을 보고 "아- 좋다", "멋있다", "이쁘다" 하고 응원해준다. 이렇게 긍정적인 생각을 마음에서 밖으로 표출하면서 마당쇠의 어리광을 잘 받아준다.

내가 "어린이가 되어가는 것 같다."고 했더니 "사람은 본래 태어나서 기저귀 차고, 돌아갈 때 기저귀 차고 돌아가는 것이 당연한 이치."라고 했다. 항상 좋은 말 긍정적인 생각으로 섭렵한 지식을 나눠주어서, 한 마디 한마디에 기쁨과 즐거움을 느끼곤 한다. 행동과 실천도 중요한 호기심이지만 눈에 보이지 않는 짝꿍의 지식이 마당쇠가 바라는 가장 큰 호기심이다.

선생 같은 짝꿍

　오랫동안 지속된 코로나와 연속된 불경기 속에서 직장 구하기 어려운 시기에도 다행히 나는 실버들에게 가장 인기 있는 환경미화원으로 취업할 수 있었다. 더불어 자연환경이 좋은 변두리 지역에서 꿈에도 생각하지 못했던 초등학교 여선생님같이 이쁜 짝꿍을 만나 함께 일할 수 있는 행운의 기회를 만났다.

　커피 한잔하면서 작업장 분위기와 앞으로 할 일에 대해서 청산유수 같은 말솜씨로 부드럽고 깔끔하게 설명했지만 작업 시작하자마자 토끼 같던 짝꿍이 호랑이 교관으로 변신하였다. 초보자 마당쇠에게 이것저것 주입시키면서 설명할 때마다 마당쇠는 "예." 했지만 눈과 귀가 약간 부족해서 말귀를 잘못 알아들을 때도 있고, 동작은 느리고, 금방금방 잊어버리기도 해서, 두 번 세 번 반복할 때마다 미안하고 부끄러웠다.

　일이 끝나갈 무렵 "실수를 연발하지 말고 동선을 짧게 해서 시간을 단축시키자."고 했다. 동선을 짧게라는 말이 머리에 쏙 들어왔다. 마당쇠에게 생소한 말은 아니었지만 오래오래 기억에 남을 감동적인 말로 들렸다. 호랑이도 잠시 교육과 실습으로 일주일 정도 지나니 다시 본래의 여선생님 같은 짝꿍으로 변신하였다.

"일할 만하지요?"

"예."

"일주일 금방 가지요?"

"예."

하지만 속마음은 달랐다. 정말 일주일이 군사훈련 기간보다 나에겐 힘들었다. 구슬 같은 땀방울을 흘려가면서도 굳은 결심으로 고비를 잘 넘기고, 미흡한 부분 반복해서 설명을 해도 못 알아들으면 짝꿍이 직접 솔선하면 눈치껏 따라 하는 마당쇠. 우격다짐 없는 대화를 유지하며 하나하나 작업습관을 익혀갔다. 그러면서 표현은 하지 않았지만, 짝꿍과 조금씩 가까워지고 있다는 생각과 일의 즐거움을 조금씩 느끼기 시작하면서, 서로 얼굴만 보고, 눈빛만 보아도 무엇을 어떻게 라는 생각이 들 정도로 상대방을 조금씩 이해해갔다.

그렇지만 다 좋은 것은 아니었다. 혼자 감내하고 있던 부분을 망설이다 용감하게 짝꿍에게 이야기했다. "오르막길에 늙은 소가 힘들게 끄는데 좀 밀어주세요." 했더니 "무슨 소가 그렇게 힘이 없노." 하며 핀잔을 주면서도 잘 도와줬다.

조그마한 부탁 한마디도 허투루 생각하지 않고 상대방을 존중하며 밀어주고, 당겨주며 혼자서 감내해야 했던 것도 대화로써 해결하니 마음의 평화와 서로에 대한 믿음이 자라났다. 작업 중에 재미있었던 이야기를 나누며 서로 대화를 나누니 우정의 길이 조금씩 싹트기 시작했다.

작업 중 카톡 이야기를 하면서 답을 맞혀보라고 했는데, 다행히 마당쇠가 이미 읽은 카톡이어서 얼른 답을 맞추었더니 "어떻게 알았지?"

반문하기도 했다. 그때 용기를 내어 "카톡 해도 될까요?" 했더니 "좋은 것 있으면 주세요." 했다.

그날 당장 보냈더니 금방 답장이 왔다. 첫 카톡을 트고 나니 마음이 설레고 너무 좋아서 신이 났다. 그렇지만 처음 받은 카톡은 확인 후 얼른 지워버렸다. 혹시나 자녀들이나 가족이 볼까 봐 부끄러워서였다.

일주일 정도 지나서부터는 받은 카톡을 추억으로 생각하며 잘 보관하고 있다. 미흡한 카톡 사용법도 짝꿍으로부터 몇 가지 배우고 실습해서 이제 간단한 작품은 직접 만들어 보낼 수도 있게 되었다.

마당쇠 할아버지와 짝꿍 할머니는 요즘 생생한 아침 뉴스와 출근 인사도 카톡으로 하고 있다. 점점 더 젊어지는 마음으로 좋은 카톡 오랫동안 주고받을 수 있도록 건강관리 잘하고 즐거운 마음으로 짝꿍과 오래오래 같이 일할 수 있기를 바란다.

보배 같은 짝꿍

태풍이 온다는 소식만 들어도 걱정 먼저 든다. 연중행사 같은 태풍이 주지적으로 자연을 정화하기도 하지만 그 피해가 큰 만큼 유비무환의 자세로 잘 극복해야 한다.

태풍이 지나가면 가을 햇살에 잘 익어 반짝이는 들판의 곡식과 넓은 산야의 아름다운 들꽃들이 빛난다. 지나간 모진 비바람을 비웃기라도 하듯 언제 그랬느냐며 유유히 잊어버리고 있는 가을의 풍경은 아름답기만 하다.

불경기 속에서 직장 구하기 힘들다고 하소연들 많이 하지만 직업의 귀천보다 일 자체가 중요하다. 노동 없이는 인간다운 보람을 찾기 힘들다. 노동 속에서 건강도 찾고, 경제도 찾고, 희망을 찾으며 땀 흘려서 일하는 사이, 말이 통하는 친구도 찾을 수 있다면 금상첨화일 것이다.

말이 통하면 모든 것이 이뻐 보인다. 짝꿍이 동료들과 친절하게 음식 하나 나누어 먹는 것을 봐도 이웃을 배려하는 마음이 보이고, 먹다 남은 맛있는 음식 이쁘게 포장해서 필요한 사람에게 전달하는 모습 보면 천사같이 보이기도 한다.

모든 사람에게 사랑과 배려, 친절을 평등하게 행동하는 것을 보고, 마당쇠는 본보기 삼고 싶다. 짝꿍을 닮고 싶은 마음, 이쁜 보배 하나 발견한 것 같았다. 짝꿍과 함께 일하는 날은 즐겁고 재미있다. "혼자 일하는 날은 외롭고 쓸쓸함을 많이 느낀다."고 하면 "자연과 대화하면 마음이 즐거워진다."고 답한다. 상대방을 배려하는 마음가짐을 행동으로 보여주며 마당쇠의 마음을 자석처럼 끌어들이기도 했다.

한겨울에 코로나와 독감을 이기기 위해 방한장비를 총동원하고 옷을 여러 겹 껴입은 채 미끄러운 빙판길을 뒤뚱거리며 걸어가는 짝꿍의 뒷모습이 펭귄처럼 보이기도 한다. 안면에 낀 성에는 산타 할머니를 연상케 해서 쳐다보던 마당쇠의 마음이 안타까우면서도 폭소가 터졌다.

동동거리며 몸을 녹이며 짝꿍이 준비한 따뜻한 커피 한잔 마시는 시간에는 무엇과도 비유할 수 없을 만큼 행복함을 느꼈다. 실습하면서 흘린 땀방울과 오늘 같은 한파 속에서 떨며 움츠려진 마음 모두 따뜻한 커피 한잔에 다 녹아버린다.

일(노동) 덕분에 즐겁고 행복한 마음으로 즐길 수 있었던 이 명차를 마당쇠가 '행복차'로 이름 짓고, 일이 힘들어도 오랫동안 먹을 수 있었으면 좋겠다고 약속하고 대답했다.

일은 잘하지도 못하면서도 노동밖에 모르는 옹졸하고 찌들은 마당쇠의 마음. 차 한 잔의 진한 맛에 미추한 과거를 사악 녹여버리고 짝꿍 덕분에 마음문 연다. 새로운 황혼이 다시 찾아왔으면 하는 마음으로 마당쇠가 좋아하고 인정하는 짝꿍의 인격을 닮고자 노력한다. 비록 노력하는 만큼 못 얻을지라도 허전한 마음의 한구석이라도 채울 수 있겠지 하고 기대한다.

짝꿍은 마당쇠를 동네 친구같이 생각해주며 항상 좋은 영향을 끼친다. 늙을수록 가정에 충실해야 하며, 버려진 화초 한 포기 들꽃 한 송이도 그냥 지나치지 않고 생명체로 생각해야 한다고 말해준다. 자연 사랑과 가족 사랑에 대한 부분을 특강 듣듯이 잘 받아들여서 마음속 깊이 간직하고 있다. 화목한 가정을 이끌어 가기 위해 노력하겠으며, 여생의 마지막 희망을 자연 사랑으로 여길 것이다.

자연을 많이 사랑하고 마당쇠도 결국 자연과 친구 되어 평화롭게 살고 싶다. 항상 일을 사랑하며 겸손한 마음으로 마당쇠에게 친절하고 이쁜 마음으로 보듬어주는 보배 같은 나의 짝꿍이다. 마당쇠의 어설픈 행동 귀엽게 봐줘서 고맙고 앞으로도 내게 계속 좋은 충고 많이 해주기 바라는 마음이다.

들꽃 같은 짝꿍

소나기가 내려도 꿋꿋하게 고개 들어 아름다움을 토해내며 모든 사람에게 사랑 주고, 사랑받는 들판의 수다쟁이 잡초들이 있다. 오히려 폭우와 함께 잡초들의 수다에 못 이겨 쓰러져가는 고목들을 바라보며 '이 세상은 강자도 약자도 없고 야망을 갖고 끈기 있게 행동하는 자만의 것'이라는 진리를 깨닫는다.

오랫동안 직장생활을 하면서도 처음으로 선택이 아닌 필수로 여성 짝꿍을 만나 가까이서 일하게 되어 처음에는 약간 어색했다. 느림보 거북이가 토끼와 같이 경주하는 것 같은 느낌이 들 정도로, 짝꿍은 폴폴 날아다녔고 마당쇠는 이름 그대로 동작도 느리고 하는 일마다 어설프기 짝이 없었다.

그래도 짝꿍은 싫은 표시 안내고 마당쇠를 열심히 가르치려고 노력했다. 부족함을 많이 느낀 마당쇠도 짝꿍의 지도를 잘 받아들였다. 마당쇠가 마음에 들지 않을 때는 솔선해서 따라오도록 행동했지만 어느 정도 시간이 흘러도 짝꿍의 만족하지 못 하는 것 같았다. 짝꿍의 성격이 보통 깔끔이가 아니었기에 마당쇠가 지나간 자리를 늘 뒤에서 확인한다. 병뚜껑 정도는 물론이고 종이 파쇄기 부스러기까지 다시 쓸고할 정도이다.

성격 차이가 많이 났지만, 인내
심으로 극복하고 짝꿍의 정말 친
절한 진심을 발견하고 대화 속에
서 성격 차를 한 겹 한 겹 벗겨 나
가기 시작했다. 카톡을 시작하면
서부터 좋은 이야기 이쁜 말들이
오고 가면서 친근감도 생기고 마
당쇠의 일하는 솜씨도 조금씩 달
라진 것 같고 짝꿍의 마음도 조금
누그러진 느낌을 받았다.

악연이 될 뻔하였던 짝꿍이 인
생같이 잠시 머물며, 나에게 비춰진 따뜻한 마음과 배려하는 행동 하
나하나에 감동하여 이보다 더 좋은 친구가 또 어디 있을까 할 정도로
마당쇠의 가장 가까운 좋은 인연으로 변했다.

거의 매일 모닝커피는 기본이고, 출근 시간에 얼굴 못 보면 아쉬울
정도다. 마당쇠 할아버지는 짝꿍 할머니와 식사 한번 하고 싶었지만
그 정도까지는 용기를 낼 수 없었다. 그냥 마음속으로만 즐거워하며
열심히 일했을 뿐이었다.

마당쇠의 마음이 통했는지 2020년 연말에 행운의 기회가 다가왔다.
그때 용기 내어 짝꿍에게 식사 제의를 했더니 응해주어서 너무 기뻤
다. 고마움을 표시하기 위한 식사준비였는데 능숙한 솜씨로 이것저것
챙겨주는 바람에 오히려 고마움을 듬뿍 받기만 했다.

사실 마당쇠가 식사 한 끼 준비할 수 있었다는 마음도 이전과 비교하

면 많이 변화된 모습이다. 오래오래 추억에 남을 것 같다.

실천한 마음은 점점 가벼워지고 눈앞이 조금씩 밝아 옴을 느끼는데도, 마음과 행동이 함께 움직이지 못했다. 몸을 부딪쳐 가며 일하면서도 마음으로 좋아하면서도, 다른 사람과는 악수 인사 잘하면서 그간 짝꿍과는 용기 없어 손 한번 못 내밀었다.

옆에서 항상 재미있게 일하는 분위기를 보고만 있던 반장님이 마당쇠 손을 꼭 잡았다. 반가워서 같이 꼭 잡았더니 "아야!" 하시면서 마당쇠의 손을 짝꿍에게 갖다 대면서 "꼭 잡아보라." 했다. 뜻밖의 행동에 그냥 생각 없이 꼭 잡았다. 항상 인내심과 성실한 마음으로 일하는 무뚝뚝한 마당쇠에게는 행운이었다. 반장님은 이렇게 짝꿍과 악수할 용기조차 없는 마당쇠에게 생각지도 않던 기회를 만들어주셨다.

아무튼, 강풍이 몰아치고 눈, 비 내리는 궂은 날에도 조금도 스스럼없이 꿋꿋하게 잡초처럼 버텨온 덕분일까? 차츰차츰 익어가는 인생의 향기일까? 평안한 곳도 위험한 곳도 함께 도사리고 있는 시기에 더 이상 무엇을 바라겠는가. 지금 이곳에서 짝꿍과 함께하는 작업이 최고 행복이며 이런 길에 왕복 승차권이 주어지면 얼마나 좋을까 하는 생각을 했다.

갑자기 반장님이 건강상의 이유로 그만두고 짝꿍이 반장으로 간다는 소식을 듣는 순간 축하보다 섭섭한 생각이 먼저 들었다. 그동안 선생님같이 친구같이 생각하며 오랫동안 같이 일할 것을 구두로 약속까지 했는데 섭섭했다. 그렇지만, 빗물이 모여 새로운 수로가 생기듯이 인생의 길이 빗물만 못하겠는가?

2년여 동안 많은 것을 배우면서 엄청 다정하게 일한 것 같아, 짝꿍이 반장으로 가는 것에 서로가 아쉬움을 느꼈다. 그리워하며 사는 것이 인생이기는 하지만 한편으로 산타 할머니가 만들어 주는 '행복차'가 중단될까 걱정스러웠다. 짝꿍은 "일 끝나고 휴게실(빨래터)로 오세요." 했다. 다행히 급한 아쉬움 하나는 이렇게 풀린 것 같았다.

재활용 더미 속에서 발견한 보석 덩어리, 짝꿍을 가까이 함께 일하다 조금 떨어져서 바라봐야 하는 마당쇠의 마음에는 조금도 변화가 없다. 산에도 강가에도 쓰레기 더미 위에서도 잘 자라며 기름진 땅, 토박한 땅 가리지 않고 잘 자라는 들꽃 같이 강하게 열심히 살아온 마당쇠와 짝꿍이 걸어온 인생길은 무엇과도 바꿀 수 없는 행복한 경험이었다.

40여 년 동안 가족생활을 하면서 옆지기를 제외하곤 사랑과 행복을 동시에 느낄 수 있었던 존재, 아마 처음 만나본 것 같다. 더 이상의 욕심을 부린다면 마당쇠와 함께 하루짜리 데이트라도 한 번 할 수 있었으면 하는 마당쇠의 희망사항이다.

남은 여행길에 서로 존경하는 좋은 인연의 친구가 되어 앞으로 이보다 더 좋은 일이 생길 것이라 기대하면서 마당쇠의 마음을 종이에 함축해 보았다. "훗날, 어디에서 무엇을 하든 흘러간 마당쇠와의 추억, 짝꿍은 잊지 말고 마음으로라도 기억해주세요."

짝꿍 할매

새싹이 돋아나면 봄이 오는구나, 다음에는 당연히 잎이 나고 꽃이 피고 열매가 맺겠지 그리고 나면, 단풍 들고 추운 겨울을 잘 이겨 내겠지 한다. 이것들이 자연현상이며 당연히 지나가는 세월인 줄 알았는데, 꽃 한 송이도 저절로 피는 것이 없고, 자연의 도움과 스스로의 노력이 그 속에 숨어 있음을 너무 늦게 알았다.

한 송이 꽃을 피우기 위해 겨울을 어떻게 지내왔을까를 한 번도 깊이 생각해 본적도 없이 그냥 지나왔다. 깊은 물속은 알 수 있지만, 가장 가까이 이웃하는 사람 마음속은 제대로 읽을 수 없었다.

외롭고 깊은 골짜기에서 홀로 자란 나무같이 사회질서에서 무식쟁이 마당쇠, 몸이라도 재빠르면 다행일 걸 그것도 거북이 같고 몸은 연약하면서도 입은 살아서 엉터리 말이라도 재잘거리며 누구에게도 지지 않으려는 생각. 어설프고 미련 덩어리 같은 사람도 필요한 곳이 있어서 사회에서 격리당하지 않고, 함께 잘 살아가고 있음을 항상 감사하게 생각하고 있다.

어린 시절 어머님과 같이 콩밭 매고, 보리밭 호미질할 때, 어머니는 그렇게 힘이 있어 보이고 일도 잘하셨다. 그래서 '어머니들은 원래부터 일을 잘 하시는구나' 생각했다. 처음 시작하는 미화작업, 짝꿍이 잔

소리 많이 하면서도 일을 잘 하더라며 가족에게 이야기했다가 "이 바보 같은 사람아, 당신이 일을 얼마나 못하면 상대방이 그렇게 보느냐." 며 된통 혼이 나기도 했다.

짝꿍이 바보 같은 마당쇠를 가르치고 도와주며 부족한 부분 하나하나 채워줄 때 그 고마움도 제대로 느끼지 못하고, 그냥 그러려니 하면서 넘어갔던 것 같다. 그러면서도 일만 배우는 것이 아니었다. 가족과 자연을 사랑하며 배려하는 마음가짐이라던가, 행동 자세 하나하나를 유치원생같이 교육받았다. 매일같이 일러주는 개인 과외 선생님 같던 짝꿍, 그냥 짝꿍의 사랑을 받으며 시키는 대로 배운 대로 그냥 그냥 세월이 흐르다 보니, 짝꿍이 사랑스러워 보이기도 하고, 이뻐 보이기도 했다.

불안전한 행동, 불필요한 행동, 지적을 많이 당하면서도 조금도 불편한 심기를 느끼지 못하며, 그냥 "예." 하면서, 항상 즐거운 마음이었다. 이런 분과 오랫동안 함께 할 수 있었다는 것도 너무 큰 행복이었다.

함께하는 동안 짝꿍에게서 우리네 어머님들이 숨기고 있던 체력의 한계점을 조금씩 감지하기 시작했다. 평소에 파스 붙이고 있는 모습도 보았고, 제초작업하다 다리가 아파 병원에 자주 다니던 모습, 대청소 기간에는 어깨, 발목, 손가락까지 파스 붙이고 일을 하면서도 표시 안 나게 일하던 모습 등을 옆에서 지켜보았다.

남몰래 병원 다니는 것도 너무 늦게 알았다. 그 노고가 마음에 와 닿았고 마음이 아팠다. 마당쇠의 부족한 능력을 채워주고, 도와주고, 덮어주며, 어설픈 사람도 이쁜 사람같이 봐준 짝꿍이 더욱 사랑스러워 보였다.

힘들고 버거운 세상, 능력은 없지만 몸으로 때우고 마음으로 사랑하며 열심히 살아가는 사람이 되기 위해 노력할 것이다. 작은 일이든, 큰 일이든, 심부름이든, 무엇이든 좋다. 한마디 작업지시를 들을 때마다 마음이 홀가분하고 즐거웠다.

　엉터리에게도 사랑을 베풀고, 가족보다 더 친절한 짝꿍, 이렇게 늦게라도 배우면서 일할 수 있는 짝꿍을 만나 너무너무 행복하다. '짝꿍님' 일 욕심 너무 내지 마세요. 욕심과 의욕이 넘치면 반대로 또 한 가지 잃을 수 있어요.'

　짝꿍이 그렇게 일하는데도 마당쇠는 알지 못했다. 그저 일도 제대로 못 하면도 항상 즐겁고, 기분 좋게 움직이고 있었다. 아마 남은 인생이 짧아서 그런지 어떤지는 몰라도, 아침 인사하며 만나면 반갑고, 함께 퇴근하는 모습 보면 행복한 하루가 지나갈 뿐이다. 아무쪼록 이렇게라도 건강하고 즐겁게 보내는 인생 괜찮아 보일까 어떤지 궁금하다.

　"받은 사랑, 주신 사랑, 오래오래 기억하며 우리 이쁜 인연의 끈을 오래오래 유지합시다. 이 세상은 혼자 사는 것이 아니고, 인연과 연분 속에서 더불어 사는 것이지요. 바보 같은 마당쇠도 언젠가는 짝꿍에게 티끌만 한 사랑이라도 줄 수 있었으면, 줄 수 있도록 노력할게요. 아직까지는 많이 부족하네요. 짝꿍 할매 감사합니다."

마지막 직업, 미화원

아름다움을 뽐내며 자라던 멋쟁이 주목나무도 세월을 이기지 못하고, 여러 친구들이 보는 앞에서 어쩔 수 없이 고개 숙이고 슬퍼하는 모습 보인다. 이것이 자연의 현실인 것을 어쩌겠는가. 인간도 혼자 독불장군으로 살 수는 없다. 능력도 희망도 찾아볼 수 없는 나였지만 서로 마주 보며 살아갈 수 있는 가족 만나 사십여 년 동안 알콩달콩 살다 보니, 어물쩍 눈 깜빡할 사이 시간이 지나가 버렸다. 세월이 만들어 준 선물 자식들도 벌써 성인이 되었고, 손자들도 벌써 귀염을 떨 시기가 지나서 모두 제 일 열심히 한다. 할머니, 어머니 말은 잘 들으면서 할아버지 말은 잘 안 듣는 게 흠이지만.

요동치는 세월 속에 이것저것 좋던 세월은 다 잊어버리고 남은 건 별로 없이, 엉뚱한 생활을 할 때가 너무 많다. 세월과 함께 이 몸이 백발이 되어가도, 사람 대접받고 살아가는 이 세상이 참 아름답게 보이고, 특히 함께 일하며 아껴주고, 부족함을 덮어주시는 분들 너무 아름답게 보인다. 받은바 고마움을 조금이라도 돌려줄 수 있는 마음으로 노력하고 있지만, 워낙 옹졸했던 마음이라 배려하는 마음이 쉽게 행동으로 드러나지 못하는 게 아쉽다.

흘러간 세월 되돌릴 수 없지만, 되돌린들 무슨 소용이 있을까. 늦었

지만 지금이라도 즐거운 마음으로 출근할 수 있는 분위기가 마당쇠에
겐 너무 재미있다. 출퇴근하면서 마음이 즐거우면 그것만으로도 마당
쇠에겐 훌륭한 만족이라 생각한다.

　스스로 생각나는 곳에 조금이라도 즐거운 마음으로 배려할 수 있다
면, 마음의 비움 새싹이 돋아나는 걸까. 그것이 나의 마음이고 행복이
다. 내 마음이 행복하면 열심히 일을 해도 힘들지 않고, 반찬 없이 밥을
먹어도 맛있고, 주위 환경들 모두가 더욱 아름답고, 이뻐 보이는 법이
다.

　벌써 연말연시를 맞아 몇 밤만 더 자면, 칠 학년이 되는 해이다. 마음
은 아직 청춘인데 행동과 태도를 보고 어떤 사람이 보더라도 그렇게

생각할 사람은 아무도 없을 거다. 이제 아름다워 보이기 시작한 세상, 무엇이든 꼭 붙잡고 '야. 아름다운 이곳에서 좀 쉬었다 같이 천천히 가자.' 하고픈 부드러운 마음이 소록소록 생긴다.

더군다나, 지난 2년 동안 코로나 때문에 감옥 같은 공간에서 지내다 보니, 더욱 친구가 아쉽고 그리워지는 요즘, 가까이서 함께 일하는 동료들에게 의지해 재미있게 지내고 있다. 대부분 5학년, 6학년 학생들이지만 그래도 7학년 학생을 외면하지 않고, 동네 못난이 오빠같이 대해주기라도 하니 정말 고맙게 생각한다.

흘러간 세월 되돌아본들 무슨 소용 있겠나. 현실도 제대로 모르고 당장 오늘 할 일도 확실하게 판단 못 하여 어리벙벙하지만, 항상 함께하는 즐거움 속에서 쥐꼬리만큼 남아있는 건강, 알뜰히 깨끗이 소모하고 싶을 뿐이다. 인생 살아가는데 가장 필수적이면서도 크게 어려움 없이 아무나 할 수 있는 일, 마음만 다잡으면 그 속에서 즐거움과 함께 희망과 용기를 발견할 수 있다.

환경미화원, 어린 시절에는 꿈에도 생각하지 못했던 직업이다. 세상이 바뀌어가고 있다. 요즘은 아래위로 존경받으며 살고 있다는 생각이 든다. 오랫동안 견디어 온 보람이랄까? 존경받고, 존경하는 마음이 생길 때 그때부터 마음속에서 우러나오는 즐거움과 행복이 더욱 아름답게 느껴지는 것 같다.

실버 할아버지, 할머니도 이정도면 괜찮지 않을까? 앞으로 없어질 직업도 아니고, 더욱 발전 가능한 직업이라 생각한다. 육십여 년 동안 살면서 항상 마음에 근심 걱정 짊어지고 살아왔지만, 조금 늦었어도 성실하게 세월 따라가다 보니 이렇게 좋은 기회도 만들어진다. 마치

일석 삼조의 혜택을 받고 있는 것 같다.

우선 적당한 근무시간에 건강관리에 도움이 되어서 특별한 운동을 별도로 하지 않아도 된다. 그리고 손주들 용돈도 줄 수 있고, 자유로운 생활이 보장되어 지는 것 같아 좋다. 이 세상 끝나기 전까지 용기와 희망을 주는 직업, 얼마나 좋은가? 처음에는 좀 힘들 수 있지만, 시대에 맞추어 자랑스럽게 생각하며 용기 있게 나의 직업임을 자부한다.

함께 일하는 동료들에 대한 존경심이 절로 생긴다. 모두들 끝까지 건강관리 잘하기 바란다. 가족을 사랑하는 것 같이 못난이 마당쇠도 외면하지 않고 사랑해준 미화원 동지들에게 감사할 뿐이다. 고개 숙이는 주목나무처럼 멋은 없지만, 함께 익어가는 인생길에 사랑과 행복을 함께 누리며 살아가고 있다는 것 자체가 즐겁다. 먼 훗날, 오늘 같은 이 시간이 그리워질 수 있을 것 같다.

마당쇠 마음

소한이 며칠 남지 않았다. 눈이 올 것이라 예상했는데 비가 올 것이라는 일기예보를 듣고, 마당쇠의 마음은 즐거웠지만 즐겁지 않은 사람이 더 많을 것이다. 엉성한 가지에서 피어나는 아카시아꽃과 밤꽃이 꽃길을 만들어주고, 가을에는 맛있는 알밤도 선물해준다. 나그네에게 밟히고, 짐승들에게 뜯어 먹혀가면서도 꼿꼿하게 고개 숙이지 않은 야생화가 더욱 아름답게 보인다.

인생길 걷다 보면 왕따나 갑질을 당할 때도 있다. 갑질의 짐은 더욱 무겁고, 긴 여정 속에서 마음의 폭이 좁아지고, 방어하는 행동은 더욱 날카로워진다. 짐을 내려놓고 싶지만 그리 순탄치가 않다. 세상 물정 다 겪어가며, 나약한 환경 속에서도 현실에 맞추어 부족한 점들이 많지만, 완성품을 만들어가는 인생길에서 꼭 필요한 구석구석에서 필요한 임무를 각자 잘 수용하고 있다고 생각한다.

고개를 꼿꼿하게 들지 않으면서도 아카시아꽃, 밤꽃같이 이웃에게 눈과 마음을 즐겁게 해주고, 그 속에서 흘러나오는 향기는 스트레스를 녹여주며 마음을 즐겁게 해주면서도 팁으로 소유한 선물을 욕심 부리지 않고 골고루 나누어 주면, 우리는 대가 없이 잘 받기만 했다.

척박한 땅에서 자라면서도 어느 누구에게도 불평하며 심술부리지 않고, 자연에서 주는 보잘것없는 존재이지만 경쟁에서 지지 않으려고, 고개 꼿꼿하게 높이 들고 멀리 바라본다. 자신의 위치를 지나가는 나그네에게 손짓하며, 자기가 소유한 모든 향기를 아끼지 않고 선물하면서 떳떳해 하는 야생화의 모습을 생각하면서 둘레길을 찾아갔지만, 유수와 같은 세월을 이기지 못하고, 아카시아꽃은 이미 다 떨어져 꽃길을 만들어주었고 밤꽃도 꽃은 자취를 감추어 가며 밤송이가 맺혀 있었다. 그래도 야생화만은 쓸쓸한 동행 길에 친구가 되어 외롭던 마음 달래어 주었다.

자연환경이 나에게 주는 고마움을 제대로 느끼지도 못하고, 그냥 궁색한 마음으로 살아오던 어설픈 마당쇠가 화술이 뛰어난 야생화같이 아름답고 진솔한 짝꿍을 만나 대화하다 보니, 선생님, 친구, 가족들이 하던 설명보다도 귀에 쏘옥 들어왔다.

친절하고 어여쁜 마음으로 가족사랑, 자연사랑을 강조하며 이웃 배려할 줄 아는 사람이 되어야 한다며, 아침, 저녁으로 대화를 나누다 보니 내 마음에 변화가 일어났다. 어느새 지나온 과오를 뉘우치면서, 짝꿍의 아름답고 진솔한 마음에 푹 빠져 새로운 방향에 귀를 기울이게 되었다. 그리 쉽지는 않지만 마음에 품었던 독버섯을 하나씩 지워가면서 아름다운 세상을 보려고 노력했다.

이미 눈도 침침, 귀도 가물가물, 마음은 굳을 대로 굳어있어 아름다운 자연의 향기를 마음껏 받아들이지 못하고, 마음속의 독버섯을 깨끗이 버리지도 못하면서도 좋은 생각, 아름다운 마음을 가지려고 노력은 많이 하고 있어요.

어려운 환경 속에서 제 할 일은 잘하면서도 항상 "괜찮아요.", "됐어요.", "예." 하며 스스로 본인이 양보하는 모습을 많이 본다. 그럴 때마다 흘러가는 세월 속에서 약자들의 마음속에 저장된 갑질의 아픔, 다른 방법으로 표현할 수 없는 분노에 찬 속마음을 누가 하루라도 빨리 이해해줄 수 있을까 생각한다. 아마 당해보고 겪어보지 않은 분들은 이해하지 못할 것이다.

강물이 바다로 흘러가면서 좁은 수로, 넓은 수로 교차하면서 얽히고설키기도 하고, 협곡을 지날 때 위아래가 바뀌어가면서 회오리치는 모습을 보이기도 한다. 이런 자연환경이 어떻게 하면 우리도 빨리 받아들일 수 있을까 하지만 영원히 오지 않을 것 같기도 하다는 자괴감에 빠지기도 한다.

넓은 바다, 평화로운 물결처럼, 모성애 넘치는 어머님 마음처럼 어렵고 힘들었던 일들을 고비고비 잘 넘기고, 따뜻한 석양빛을 받으며 잘 익어가는 인생길에서 어설픈 마당쇠의 삶에도 사랑의 향기를 듬뿍 넣어준 야생화 같은 짝꿍. 조언들을 잘 받아들이고 있으면서도, 마당쇠가 짝꿍에게 보답한 것은 아무것도 없던 것 같다.

나는 앞으로 짝꿍의 칭찬도 지적도 아름다운 목소리로 받아들이고, 작업장은 사랑의 쉼터처럼 생각하며, 보이지는 않지만 즐거운 마음으로 미소 지을 것이다. 아무튼, 내 인생에서 기억에 남을 친구, 마음속에 사랑 담으니 모든 것이 평화롭고 아름답게 보인다.

짝꿍

　단풍나무를 가꿀 줄은 몰라도 이쁘게 보는 눈은 내게도 있다. 이쁘다, 아름답다 소리 못하고 마음속으로 바라봐도 표현할 줄 모르는 내 숭쟁이일 뿐이다. 세월이 흘러 시간이 기회를 만들어주었다. 그것도 나의 능력이 아닌 제삼자의 갑질 속에서 행운이 나에게 돌아온 것 같다. '포상'이라는 좋은 기회를 이용해서 마음속에 감춰진 표현을 방출하는 데 성공했다. '식사 한 끼'.

　눈으로 마음으로 기쁨과 즐거움이 더하여 지고 있을 때 전 반장님께서 단풍잎뿐만이 아니고 단풍나무 가지까지 나에게 가져다 직접 손에 쥐어주었다. 설레는 마음으로 꼭 쥐고 놓고 싶지 않았다. 여태까지 가족에게 따뜻한 사랑도 표현 한 번 못해보고 무뚝뚝하게 살아온 것이 나의 전부였다. 새로운 단풍나무 가지에서 풍겨 나오는 아름다움과 그 속에서 새어 나오는 사랑의 향기가 느껴질 즈음 그때서야 사랑과 우정을 알게 되었다. 예전에 느끼지 못했던 가족의 진실한 사랑을 외부의 환경을 통해서 깊이 느끼고 있다.

　세월이 흘러가면서 가족으로부터 많은 핀잔을 듣지만 이렇게 외부에서 얻은 사랑의 향기를 가정에 심어주고, 밖에서도 행복한 마음으로 열심히 일하고 있다. 마당쇠 마음속에 가족사랑, 자연사랑을 심어준 짝꿍을 더 가까이하고 싶은 생각을 하면, 짝꿍은 그렇게 할수록 더 멀리 도망가는 것 같아 아쉽기만 하다.

요즘은 출근 시간에도 짝꿍의 출근 시간에 근접하게 맞추어 조금 일찍 출근한다. 출근하는 모습 보면 마음이 즐겁고 모닝커피 같이 못 하는 날에는 섭섭하다. 간혹 심부름시키고 전화상으로라도 지시받으면 즐거운 마음으로 다른 일을 제쳐두고 먼저 시작한다. 어떤 때는 미흡한 부분 함께 작업하며 제대로 못 해서 쓴소리 많이 들어도 속마음은 즐겁다.

이것이 세월의 흐름 속에서 젊음을 모르고 살아온 탓일까 아니면 잘 익어가면서 변해가는 모습일까? 부디 치매는 아니기를 바란다.

실버 작업이 나의 축복의 직업인지 천사 같은 인연의 짝꿍을 만나 매일매일 즐겁게 일하게 되었다. 짝꿍의 언어 논리가 진실되고 믿음직스러워 봄에서 가을까지 철철이 재미있는 이야기를 들려줄 때마다 나는 귀담아 듣는다.

새싹이 돋아나고 꽃필 무렵 자연의 이치를 이해하지 못했을 때 새싹과 모성애를 비유하면서 손자에게 가르치듯 들려주시던 이야기 머리에 쏙 들어왔다. 고독하고, 외롭고, 쓸쓸할 때 가장 좋은 친구는 하늘과 땅, 산과 나무들 즉, 자연에 기대어 해결법을 찾는 것이 가장 빠르고, 좋은 해결법이라고 가르쳐 주었다.

휴게실 쓰레기통 1분이면 누구든지 깨끗이 치울 수 있는데 서로 눈치 보며 비우지 않는 사람들이 어떻게 배려니, 행복이니 입에서 좋은 말만 골라 하냐며 야단을 맞기도 했다. 손 부지런히 놀려 주위 깨끗이 하고 남에게 불쾌감을 주지 않는 것이 이웃을 사랑하는 마음이며, 가정에서 가족에게 소외당하지 않고 직장에서 사랑받는 사람이 되어야지 하기도 했다.

좋은 스승님 말씀 듣듯이 즐거운 마음으로 경청하다 보니 이보다 더 친근하고 마음 통하는 친구가 또 어디에 있을까 생각된다. 꽃길이 아닌 가시밭길에서 만난 친구 우정의 길을 느끼게 하고, 용기 없이 그냥 쓸쓸하게 살아가는 이에게 희망과 용기를 심어준, 마당쇠가 무지 좋아하는 나의 친구 짝꿍. 내일도 오늘같이 파이팅.

가족사랑

모닝커피 한잔할 때 짝꿍은 어제 손자들과 일산호수공원에 다녀왔다며 사진과 함께 재미있었던 이야기를 하면서 내게 "가족들과 함께 여행 잘 다니시느냐." 질문했다. 나는 "사실 함께 다니면 경비도 많이 깨지고, 가족들에게 좋은 소리 듣지 못하며 노인 취급만 당하는 것 같아서 잘 따라 다니지 않는다,"고 했다.

짝꿍은 "나이가 들수록 가족과 함께 여행 다니고, 손자들과 가족들에게 좋아하는 음식도 대접하고, 때때로 가족에게 선물도 할 줄 알아야 더 늙어서 사랑받고, 대접받는다."며 마당쇠에게 충고했다. 여태까지 선물을 해본 적이 없다고 했더니 작은 정성이라도 받는 이의 마음은 돈 가치보다 마음의 정성을 더 감사할 것이며 나이 들수록 더 즐거워할 것이라고 설명했다.

가족들 외출 시 함께 움직일 수 있을 때 함께 가고 싶다고 하면 어느 가정이든 반대하는 일은 거의 없을 것이라고 하면서 같이 가는 손자들에게 좋아하는 것도 좀 사주고, 가족들에게 좋은 식당에서 맛있는 음식 같이 먹는 경험을 나누면 다음부터는 먼저 갈 수 있느냐고 물어올 것이라 했다.

4월 중순 경 가족들 나들이 갈 때 "나도 함께 가고 싶다."고 했더니 시간이 맞으면 같이 가자고 했다. 인천 자유공원을 거쳐 시흥 나래공원에 갔다. 오래간만에 온 가족이 함께 높은 전망대에 올라 먼 바다를 바라보며 "야~" 소리도 질러보고 아래층에 마련된 스테이크 하우스에서 바다를 바라보며 손자들과 맛있는 것도 먹으며 정말 재미있게 즐거운 시간을 보냈다.

식구들의 즐거워하는 모습을 바라보니 내 마음도 어딘가 모르게 세월이 흘러간 모습이 보이고 마음의 흐뭇함이 느껴졌다. 그 이후로 항상 가족과 함께하는 생각을 하면서 집에서 둘레길도 슈퍼마켓도 함께 할 때가 많아졌다.

이제까지는 남들은 결혼기념일이니, 생일이니 하면서 가족에게 선물하는 것을 많이 보고, 들으면서도 선물을 한 적이 없고 미안함을 느낀 적도 없이 그냥 평범한 듯이 살아왔다. 같이 근무하는 직원들이 목걸이, 팔찌, 반지 정도는 대부분 하고 다녀도 그것이 별로 눈에 들어오지 않았는데, 요즘 와서는 그것이 눈에 들어오며 이뻐 보이기도 했다. 아내 65회 생일이 가까워질 무렵 "생일선물 하나 하고 싶은데 무엇이 좋을까?" 했더니 "꽃바구니에 5만 원짜리 지폐 몇 장 꽂아달라."고 했다. "더 좋은 것 없을까?" 했더니 눈을 번쩍 뜨고 쳐다보며, 목걸이, 반지는 있는데 이쁜 팔찌가 없다고 했다. "그럼 팔찌를 해주겠다."며 딸과 같이 가서 마음에 드는 것을 고르라 했다. 18K도 아니고 14K에 만족해하며 즐거워하는 모습을 바라보니 본인보다 내 마음이 더 즐겁고 행복함을 느끼며 눈물이 날 정도였다. 가족들이 그렇게 좋아할 줄은 생각도 못 했다.

선물 하나로 가족 간의 거리가 더 가까워지는 것 같은 생각이 들며

상대방을 존중하는 마음이 생겼다. 그간 아이들 행동이 마음에 안 든다며 불평불만 많이 했지만, 내 손으로 하기 힘든 것, 핸드폰 사용법, 금융거래, 기차표 예매 같은 것은 말이 떨어지기 무섭게 잘 해결해주는 것은 늘 아이들 몫이었다. 어려운 환경 속에서 성질부리지 않고, 손자들 교육에 신경 많이 쓰면서 출근 잘하는 모습을 바라볼 때 어느 때보다 이뻐 보이기도 하고, 너무 자랑스러워 보이면서, 여태까지 가족과 자녀들에게 세월의 흐름에 맞추지 못하고 강요만 했구나 하면서 미안한 생각이 들었다.

실타래 한 가닥이 풀리면 다음 가닥은 저절로 쉽게 풀리듯이 이 미련한 사람에게도 가족사랑의 씨앗이 심겨진 것 같다. 이후로 온 집안 식구들의 보는 눈과 마음이 조금씩 달라져 가는 모습을 느낄 수 있고, 나 스스로도 즐거움을 많이 느끼게 되었다. 출근하면서도 항상 희망을 얻은 기분으로 흘러간 세월 되돌려 놓은 기분으로 용기 있게 출근한다.

씩씩하게 용기 내어 출근하는 나의 모습 스스로도 이쁘다. 고목나무에 새싹이 돋고, 꽃이 피며, 벌, 나비들이 찾아들고, 단풍은 더욱 예쁠 때가 많다. 마음만이라도 이쁜 단풍잎이 되어 연한 향기가 나의 사랑하는 가족과 나를 위로해 주시는 모든 분들에게 번져나갈 수 있었으면 하는 마음이다. 미련한 마음속에 늦게라도 나의 부족한 양식, 보충하고픈 마음, 이쁘게 봐주었으면 한다.

남은 인생길

　인생 살다 보면 잘난 사람, 못난 사람, 건강한 사람, 허약한 사람, 돈 많은 사람, 돈 적은 사람, 부지런한 사람과 게으름뱅이, 지혜가 풍부한 사람과 지혜가 빈곤한 사람 등 천차만별입니다. 그렇지만 이렇게 차이가 있어도 자연은 우리를 차별하지 않고, 평등하게 대해줍니다. 인생 살다 보니 위 사실 중 뒷부분에 속하는 것이 대부분인 나에게도 천사 같은 분이 나타났습니다. 덕분에 부족한 부분 도움 받고, 더 부족한 부분 힘을 합쳐가며 세상 분위기에 맞추어, 인생의 반 백 년을 잘 극복하며 살아가고 있죠.

　요즘 세상 참 좋아졌습니다. 우리 부모님 시대에는 노후를 준비하지 못해 어려움이 많았지만, 최근 대부분 국민들이 국민연금에 가입되어 있어 노후가 어느 정도 보장되어 있죠. 또 사회발전과 국민의 눈높이에 맞추어 누구나 정부에서 주는 기초연금을 받게 되어 충분치는 않더라도 희망의 빛을 발하고 있습니다.

　몸과 마음의 건강관리만 잘하면서 멈추지 않는 세월, 뒤돌아볼 필요 없이 그냥 따라가기만 하면 되는 것 같습니다. 제대로 잘 익어가는 것인지 거꾸로 가는 것인지는 잘 몰라도 요즘은 오히려 사랑스러운 쓴소리를 많이 듣습니다. 그럴 때마다 젊어서 많이 쓰지 않던 "예.", "알았어요.", "잘할게요.", "고마워요." "미안해요." 같은 말을 많이 하게 되었습니다.

세상에는 자신을 뽐내는 사람이 있는가 하면 자신보다 부족한 사람들을 도와주고 싶어 하는 사람들도 많았죠. 특별한 목적을 두지 않고, 서로 협력하여 도움을 주는 모습들은 언제나 보기 좋습니다.

노후에 들어 탁구를 배우기 시작했는데 나는 자세가 나오지 않고, 실력이 좀체 늘지 않는 편이었습니다. 한두 번 치고는 그냥 떠나는 이가 있는 반면 나처럼 배우려고 애쓰는 사람도 있죠. 이런 초심자들의 연습을 열심히 도와주는 사람들이 많았는데 그런 것들도 너무 고마웠습니다.

뒤늦게 도전한 새로운 직업에서도 처음에는 애로사항이 많았습니다. 그렇지만 교육생과 함께 일하시는 분을 선생님같이 생각하며 잘 따르다 보니 좋지 않은 것보다 좋은 점만 바라보게 되었습니다. 귀한 인연으로 만난 직업 동료가 좋은 친구가 된 경우죠.

몇 년 동안 함께 작업하다 보니 주위에서 보는 눈이 좀 아쉬움을 보내는 것 같은 생각이 들 때도 있었습니다. 그러나 실상은 밖에서 스승 같은 친구 만나 항상 조언을 들으며 재미있게 일하다 보니 가족 사랑의 마음을 더욱 많이 느끼게 된 것 같습니다. 혹시라도 이상한 눈초리로 쳐다보는 분이 없었으면 좋겠습니다.

그냥 이유 없이 좋아하면서 함께 일하는 동안 마음의 즐거움과 행복을 창출시켜 줄 수 있는 분위기가 얼마나 좋습니까. 돈 벌면서 건강도 지키고, 젊었을 때 어려움 속에서 느끼지 못했던 사랑과 행복을 함께 느끼며, 즐겁게 살고 있는 노장의 마음을 주위에서 응원해주고, 박수 보내주시면 고맙겠습니다.

이른 봄 일터와 집 앞을 걷노라면, 매화부터 목련, 벚꽃들과 잡초와 들꽃까지 모두가 모든 멋과 향기를 발하고 있습니다. 그래도 모두가 세월을 이기지 못하고 환경의 변화에 따라서 서서히 사라지기도 하고, 태풍과 비바람에 못 이겨 스러지기도 하죠. 스스로 망가져 가면서도 가치 있는 버섯을 탄생시켜 우리 인간들에게 끝까지 도움을 주고 가기도 합니다.

잡초와 들꽃은 누구보다도 일찍 피기 시작해서 가을 찬 서리가 내릴 때까지, 꽃샘추위와 태풍, 장마를 극복하며 끝까지 자신을 지키고, 또 이웃들의 눈도 즐겁게, 마음도 기쁘게 해줍니다.

이제 내게는 삶의 에너지가 조금 밖에 남지 않았습니다. 과거에 휩싸이지 말고 자유자재로 여태까지 표현 못 한 것 행동하면서 못다 한 인생길 즐기고, 이웃도 즐겁게 할 수 있는 방법이 있다면 찾고 싶습니다. 세상은 날이 갈수록 좋아지고 있습니다. 힘들고 험한 길을 걷고 있는 노장들의 인생길을 존중 못 할망정, 오히려 갑질문화에 익숙해 있는 사람들의 모습을 매스컴이나, 실제 주변에서 직접 보기도 합니다.

　이미 멀리 와버린 인생, 더 이상 무엇을 바라겠습니까. 조금만 생각을 바꾸면 서로가 다 같이 행복하며 세상이 더욱 아름다워 보일 텐데…. 비록 들꽃 같은 향기는 없어도 굴하지 않고 꼿꼿이 살다 보면 보는 이의 즐거움도 기대할 수 있을 것입니다. 그러면 잡초같이 살아온 내 마음도 더욱 뿌듯해질 것입니다.

　환경이 여의치 못하더라도 긍정적인 생각을 가지면 불가능도 피해갈 수 있습니다. 높은 곳을 쳐다보기보다는 가끔 옆도 바라보며 넓은 세상 가슴에 품으며 여행을 떠나는 그날까지 현재의 마음, 변치 않고 행복하게 살아가고 싶습니다.

2022년 가을

여물통과 마당쇠

ⓒ2022 이호상

초판인쇄 _ 2022년 10월 7일

초판발행 _ 2022년 10월 12일

지은이 _ 이호상

발행인 _ 홍순창

발행처 _ 토담미디어

서울 종로구 돈화문로 94, 302호(와룡동, 동원빌딩)

전화 02-2271-3335

팩스 0505-365-7845

홈페이지 www.todammedia.com

ISBN 979-11-6249-134-8 *03810